Die Lockdown-WG

Mimi J. Poppersen

Covergestaltung: Katharina Hepp
Korrektorat: Anja Karl
Lektorat: Media-Agentur Gaby Hoffmann |
https://www.profi-lektorat.com
Verwendete Grafiken/Fotos:
stock.adobe.com - 31427085
stock.adobe.com - 247886040
stock.adobe.com - 247886012

ISBN: 9798726334042

"A good neighbor is a priceless treasure"

chinesisches Sprichwort

INHALT

1. EMILY

lebte in dem Mietshaus in der Heidelberger Altstadt, seitdem sie sich erinnern konnte.

„Als ich schwanger mit dir war, habe ich mich auf die Suche nach einer größeren Wohnung gemacht, und wir sind hier eingezogen“, hatte sie ihre Mutter schon mehrmals sagen hören.

Damals, vor neun Jahren, hatte Sarah Becker somit nach einer größeren Wohnung gesucht. Demnach musste ihre vorherige noch kleiner gewesen sein als die jetzige, was sich das Mädchen kaum vorstellen konnte.

Allerdings war Emily mit ihrem Zuhause voll und ganz zufrieden. Für sie, ihre Mutter und die zwei Meerschweinchen gab es genug Platz. Sie mochte die überschaubare Dachwohnung, die mit ihren Schrägen etwas Gemütliches hatte.

Doch seit ein paar Wochen lebte auch ihr Großvater

bei ihnen. Seitdem diese Pandemie ausgebrochen und immer schlimmer geworden war, wollte ihre Mutter ihn bei sich haben und nicht mehr im Pflegeheim, wo es Opa sowieso nie gefallen hatte.

Deshalb hatte Emily ihr Zimmer aufgegeben, um es ihrem Großvater zu überlassen. Dies tat sie gerne, denn sie liebte ihren Opi und war froh, ihn nun immer hier zu haben, anstatt ihn nur gelegentlich im Altersheim zu besuchen. Ihr Opa war der lustigste Mann, den sie kannte, und er konnte die besten Geschichten erzählen. Ob er tatsächlich all das erlebt hatte, was er berichtete, blieb sein Geheimnis.

Zumindest freute sich Emily immer wahnsinnig auf das Abendessen, wenn ihr Opa so richtig in Fahrt kam. Oft war er tagsüber müde und sie sah ihn kaum, doch abends taute er auf und plauderte über sein ereignisreiches Leben, meist noch mehr, wenn er ein Glas Wein dazu trank.

Ihre Mutter meinte zwar oft etwas wie „die Geschichte kennen wir doch schon, Papa“ oder „das hast du uns ja erst vor Kurzem erzählt“, aber Emily konnte seinen Erzählungen immer und immer wieder lauschen, denn jedes Mal kam ein neues Detail hinzu.

Emily gefielen ihre eigenen vier Wände – sie mochte diesen Ausdruck, den sie erst neulich gelernt hatte. Ihre Mutter hingegen beklagte sich oft über die vielen Schrägen in der Wohnung.

„Wir haben einfach nicht genug Stellwände“, bemängelte sie, doch Emily fand es gerade dadurch heimelig. Besonders im Winter, wenn sich Eiskristalle an den Fenstern bildeten, Mama die Weihnachtsdeko auspackte und viele Kerzen ein gemütliches Licht verströmten, liebte sie ihr Zuhause. Oder wie jetzt im Frühling, wenn sie den winzigen Balkon bepflanzten und alles anfing zu blühen. Im Sommer konnte es allerdings sehr warm werden in der Dachwohnung. Im letzten Jahr war es dermaßen heiß gewesen, dass sich sogar die Kerzen gebogen hatten. Meist blieben sie dann so lange draußen, bis es endlich etwas abkühlte.

Obwohl die kleine Familie schon lange in dem Mehrfamilienhaus lebte, kannte sie die anderen Mitbewohner kaum. Zwar hatten sie im Vorbeigehen deren Namen auf den Klingelschildern gelesen und gelegentlich den einen oder anderen im Treppenhaus gesehen, aber dabei blieb es dann auch. Meist grüßte man sich nur freundlich. Oft tat man sogar eher so, als würde man den anderen gar nicht sehen, da man in Eile war. Man lebte unter einem Dach, war sich aber völlig fremd.

„Das wird sich nun ändern“, prophezeite Sarah beim Abendessen.

„Warum denn das?“, wollte Emily wissen und auch Opa Fred schaute von seinem Lieblingsessen auf. Einmal in der Woche kochte ihre Mutter ein richtiges Festessen, meistens mittwochs. An diesem Tag kam Sarah früher von der Arbeit nach Hause und genoss es, ein hervorragendes Essen zuzubereiten. Heute gab es ungarisches Gulasch, genauso, wie Opa Fred es mochte, dazu handgeschabte Spätzle und leckeren Feldsalat.

„Weil wir ab morgen in einer Quarantäne sind. Habt ihr den riesigen Zettel nicht gesehen? Was meint ihr, warum ich heute solche Unmengen eingekauft habe?“, fragte sie in die Runde.

Emily war nichts aufgefallen und Opa Fred hatte, wie so oft, das Haus gar nicht verlassen. Es war ihm meistens zu anstrengend, die vielen Treppen nach unten zu steigen. Beide zuckten ahnungslos mit den Schultern und blickten sich fragend an.

„Was heißt das *in Quarantäne*?“, erkundigte sich Emily.

Zwar waren durch einen Lockdown gerade alle Restaurants geschlossen, die Schulen aber bisher von einer Schließung verschont geblieben. Hierüber war Sarah heilfroh gewesen, die nur einen uralten Laptop besaß, von dem sie gar nicht wusste, ob er überhaupt noch funktionierte.

Sollte Emilys Schule auf Onlineunterricht umstellen, müsste sie ihren Laptop wohl aufrüsten oder am besten gleich einen neuen kaufen.

„In unserer Straße gab es zu viele Infektionsfälle, sodass alle Häuser unter Isolation gestellt wurden. Unseres gehört auch dazu."

„Obwohl wir gar kein Corona haben?"

„Na ja, sagen wir mal so, bis wir sicher sein können, dass wir nicht infiziert sind."

Man konnte förmlich beobachten, wie Emily mit gekrauster Stirn über die Worte ihrer Mutter nachdachte und ihre Schlussfolgerungen zog. „Heißt das, wir können gar nicht mehr rausgehen?"

„Genau das!"

„Da bin ich aber besonders traurig", scherzte Opa Fred, den es in den letzten Tagen kaum nach draußen gezogen hatte. Insgeheim sorgte sich Sarah etwas, dass ihr

Vater sich immer weniger bewegte.

„Hast du nicht gerade erst einen Test gemacht?“, wandte sich Fred an seine Tochter.

„Das stimmt. Vor einer Woche hatte ich ein negatives Ergebnis. Aber in der Zwischenzeit kann viel passiert sein. Selbst bei der Arbeit haben wir nicht genug Tests, um uns mehrmals wöchentlich zu testen.“

Da Sarah als Krankenschwester in der Unfallchirurgie arbeitete, hatte sie in den letzten Wochen mitbekommen, wie dramatisch die Lage war. Geplante Operationen wurden verschoben, um Corona-Patienten aufzunehmen. Auf ihrer Station, wie auf vielen anderen, hatten sie alle Hände voll zu tun. Nicht auszudenken, wenn die Zahl der Erkrankten rasant ansteigen würde. Schon jetzt waren einige Intensivstationen überfordert.

Diese Details behielt sie für sich, um die beiden nicht unnötig zu beunruhigen. Dass sie nun unter Quarantäne gestellt waren, war bereits genug Grund zur Sorge. Der Gedanke, dass sie die nächsten Tage hierbleiben musste, gefiel ihr gar nicht. Äußerst ungern ließ sie ihre Kollegen im Stich. Sarah war mit Herzblut Krankenschwester.

„Vielleicht kannst du dich ja um die Leute hier im Haus kümmern“, schlug Emily vor, als hätte sie ihre Gedanken lesen können.

„Da hast du recht, mein Schatz“, meinte Sarah betont positiv.

„Und wer versorgt uns jetzt?“, dachte Emily gleich praktisch, die schon immer eine schnelle Auffassungsgabe gehabt hatte.

„Ich glaube, für die nächsten Tage haben wir erstmal genug zu essen.“ Sarah deutete auf die vielen Tragetaschen, die teilweise noch gar nicht ausgepackt in der Küche standen.

„Außerdem habe ich einige Freundinnen, die uns Essen vor die Tür stellen können, und etwas bestellen können wir schließlich auch.“

„Oh je. Was ist denn dann mit der armen Oma im Erdgeschoss, die schon ohne so eine Karantine immer so schlechte Laune hat?“, überlegte Emily laut.

„Quarantäne“, verbesserte Sarah und lächelte sie an. Ihr wurde ganz warm ums Herz, dass Emily als Erstes an die ältere Frau dachte.

Sie musste zugeben, dass dies eine sehr berechtigte Frage war.

2. LIESE

Schröder schaute aus ihrem Wohnzimmerfenster im Erdgeschoss, von dem aus sie die Straße bestens im Auge hatte, und fragte sich, was all das zu bedeuten hatte. Von ihrem Spähplätzchen aus konnte sie die Seitenstraße, in der sie wohnte, gut überblicken. Sogar ein Stück der Fußgängerzone konnte sie von hier aus sehen, wo es immer viel zu beobachten gab. Das liebte sie.

Den lieben langen Tag konnte sie hier sitzen, um die Leute im Visier zu haben. Sie hatte sich ihren Beobachtungsplatz bequem eingerichtet: Ein gemütlicher Ohrensessel stand bereit, falls ihre Beine mal schlapp machten, ein winziges Opernfernglas war immer in Griffnähe und sogar einen Block mit Stift hatte sie zurechtgelegt, um etwas Wichtiges notieren zu können.

Man konnte sagen, dass sie bestens über die ganze Nachbarschaft Bescheid wusste. Von den meisten kannte sie den genauen Tagesablauf.

Gerade hatte sie den Zettel der Stadt Heidelberg aus ihrem Briefkasten gefischt, der auch in Übergröße an der Haustür und mehrmals im Flur hing.

Achtung! Coronaausbruch! Quarantäne!

Mehrere Personen in Ihrer unmittelbaren Nachbarschaft zeigen Symptome des Coronavirus.

Bleiben Sie bitte ab morgen im Haus, bis sich das Gesundheitsamt bei Ihnen meldet,

um die vorgeschriebenen Tests durchzuführen!

Mit einem Auge schielte sie auf die Tageszeitung, die sie sich jeden Morgen holte, und las in großen schwarzen Buchstaben die Überschrift:

Engpass bei den Coronatests!

Arztpraxen völlig überfordert!

Patienten müssen tagelang warten!

„Na, das kann ja was werden!“, murmelte sie und nahm das Klatschblatt in die Hand, um den Artikel noch einmal zu lesen.

Obwohl viele ihre Lieblingszeitung als Käseblatt abwerteten, wusste sie, dass dort alles Wichtige und vor allem die Wahrheit stand.

Genauestens studierte sie den Bericht und überlegte, was zu tun sei. Hätte sie den Zettel nur etwas früher aus ihrem Briefkasten geholt, denn nun waren alle Lebensmittelläden bereits geschlossen – zumindest die in ihrer Nähe. Sicherlich gab es große Discounter etwas außerhalb, die man mit dem Auto erreichen konnte und die noch geöffnet hatten, aber Liese erledigte alles zu Fuß in einem Radius von etwa fünfhundert Metern von ihrem Zuhause. Sie besaß überhaupt keinen Wagen.

Liese Schröder wohnte seit fast vierzig Jahren in dem Mehrfamilienhaus. Damals war sie mit ihrem Mann Heinz und ihrem fünfjährigen Sohn hier eingezogen. Die Welt war in jenen Tagen in Ordnung gewesen. Es gab nicht viel, über das sie sich beklagen konnte, ganz im Gegensatz zu heute.

Ein paar Jahre nach dem Einzug in dieses Haus veränderte sich ihr Ehemann. Immer aufbrausender wurde er. Bald waren seine Stimmungsschwankungen kaum mehr auszuhalten. Seinerzeit war er ein erfolgreicher Autohändler, der mit seiner positiven Art alle Kunden um den Finger wickelte. Doch auch bei seiner Arbeit fielen die cholerischen Anfälle bald auf. Erst verlor er den Job, um kurz darauf eine bipolare Störung diagnostiziert zu bekommen.

Es war unfassbar, wie schnell aus einer glücklichen Familie eine zerrüttete werden konnte. Erst war Heinz lange Zeit in der Klinik, doch bald war klar, dass er nie mehr derselbe werden würde. Zurück in diese Wohnung kam er zumindest nie, und wo er sich jetzt befand oder, ob er überhaupt noch lebte, wusste Liese nicht.

Leider hatte ihr Sohn Andreas den Verlust seines Vaters nur schwer verkraftet und immer seiner Mutter die Schuld daran gegeben.

Andreas war sich sicher, dass sie ihren Ehemann vergrault hatte. Dazu musste man sagen, dass auch Liese nicht die Ruhe in Person war und ganz schön aus der Haut fahren konnte. Dies wurde im Alter nur schlimmer und Andreas hatte sie wohl ein paar Mal zu oft zurechtgewiesen.

Leider hatte sie ihren Sohn nun auch schon seit acht langen Jahren nicht mehr gesehen. Früher hatte er sie zumindest noch manchmal angerufen, beispielsweise immer zu ihrem Geburtstag. Jedoch auch dieser Anruf blieb seit letztem Jahr aus. Lieses beste Freundin, mit der sie sich regelmäßig getroffen hatte, war vorletztes Jahr gestorben. Somit war Liese schon seit Längerem komplett auf sich selbst gestellt.

Nicht gerade die beste Aussicht, wenn man auf die achtzig zuging. Im Unterbewusstsein war Liese klar, dass sie sich wohl langsam nach einem Platz in einem Altersheim umschauen sollte. Doch sie wollte aus dieser Wohnung nicht weg, obwohl diese nicht nur mit positiven Erinnerungen behaftet war. Die meisten Mitbewohner in dem Haus mochte sie nicht, obgleich sie diese kaum kannte. Kennenlernen wollte sie sie allerdings auch nicht.

Sie kannte zwar ihre Gewohnheiten, da sie sie ständig beobachtete, hatte aber noch nie ein Wort mit jemandem gesprochen, außer vielleicht einem knappen „guten Tag".

Direkt über ihr wohnte seit einiger Zeit eine vierköpfige Familie, die aus Indien kam. Zwar hatte sie nichts gegen Ausländer, redete sie sich ein, dennoch wollte sie mit diesen Leuten nichts zu tun haben. Alleine wie es im ganzen Haus stank, wenn die kochten! Liese wollte gar nicht wissen, was sie in ihren Töpfen alles zusammenbrauten. Es roch zumindest furchtbar.

Sie hatte gelesen, dass die globale Pandemie den komischen Essgewohnheiten der Chinesen zu verdanken war. Angeblich verspeisten sie Fledermäuse und hatten sich so das Virus eingefangen. Liese wollte sich nicht ausmalen, was die Familie im Stockwerk über ihr so verzehrte.

Im zweiten Stock wohnte Familie Bierbaum. Den Namen fand sie ja noch ganz lustig, aber auch mit diesen Leuten stimmte etwas nicht, da war sie sich sicher.

Der Sohn, der mittlerweile im Teenageralter war, lief stets schwarz gekleidet herum und blickte drein wie drei Tage Regenwetter. Sicher ging er gar nicht mehr zur Schule und verkaufte Drogen oder Ähnliches. Dann hatten sie vor einigen Monaten noch ein Baby bekommen. Musste das denn sein, in diesem Alter?

Auch, wenn sie sonst von den Bierbaums nicht viel aufschnappte, von dem Baby bekam sie alles mit. Alle im Haus wussten, dass es die Nächte nicht durchschlief und sich die Seele aus dem Leib brüllte. Liese hatte einen äußerst leichten Schlaf und wurde jede Nacht davon geweckt.

Was also bitte sollte sie an dieser Familie mögen?

Die Wohnung darüber stand leer – zum Glück. Das

war ihr um einiges lieber, als irgendwelche komischen Nachbarn.

Im Dachgeschoss wohnten eine Frau mit ihrem Kind und seit Neuestem ein älterer Mann. Vermutlich war dieser etwa in ihrem Alter, doch er wirkte auf sie wie ein betagter Greis. Er ging wenig aus dem Haus, wohingegen sie jeden Tag zu Fuß unterwegs war. Nicht, dass sie es als Wettstreit sah, aber sie fühlte sich um einiges fitter als dieser Mann.

Im Grunde konnte sie nichts gegen diese Familie sagen, sie merkte allerdings, dass das kleine Mädchen sie dauernd so komisch anstarrte, als hätte sie Angst vor ihr oder würde erwarten, dass sie ihren Hexenbesen zückte und damit davonbrauste.

Als in dem Moment ihre Türklingel ertönte, zuckte sie erschrocken zusammen. Sie hatte niemanden auf dem Weg zum Haus gesehen.

Wer konnte das bloß sein?

3. SARAH

war einmal mehr überrascht, welch Einfühlungsvermögen ihre Tochter im zarten Alter von acht Jahren an den Tag legte, da konnte sich mancher Erwachsene eine Scheibe von abschneiden. Es war herzerwärmend, dass Emily als Erstes an die ältere Dame im Erdgeschoss dachte, obwohl diese sie noch nie freundlich gegrüßt hatte. Von freundlich konnte gar nicht die Rede sein, da sie immer äußerst grimmig dreinschaute, aber nicht einmal gegrüßt hatte sie bisher.

„Das ist lieb von dir, dass du an Frau Schröder denkst.“ Sarah streichelte ihr liebevoll über den Kopf.

„Ist das die alte Kratzbürste von ganz unten?“, rief Opa Fred mit viel zu lauter Stimme, da er, wie so oft, seine Hörgeräte nicht trug.

„Ja, genau die“, antwortete Emily und musste über seinen Kommentar lachen.

„Ehrlich gesagt, weiß ich auch nicht, ob sie jemanden hat, der sie versorgt, zumindest habe ich noch nie gesehen, dass sie Besuch bekommt“, grübelte Sarah.

„Kein Wunder bei der Schreckschraube“, kommentierte Opa mit vollem Mund. Damit hatte er wohl leider recht.

Nachdem alle eine Weile schweigend weitergegessen hatten, griff Emily das Thema wieder auf. „Es hat bestimmt einen Grund, warum sie immer so schlecht gelaunt ist. Wir haben doch so viel Essen übrig. Soll ich ihr eine Portion runterbringen?“

„Von meinem köstlichen Gulasch? Auf gar keinen Fall!“, protestierte Fred zuerst, lächelte sie dann aber an. „Nein, mein Kind, das ist eine großartige Idee. Geh ruhig runter zu dem Hausdrachen und bringe ihm etwas zu essen. Pass nur auf, dass er dich nicht gleich mit auffrisst“, fügte er noch augenzwinkernd an.

Rasch war Emily aufgesprungen, um Plastikschüsseln aus dem Schrank zu holen, in die sie das Essen füllte. Sarah fand ihre Fürsorge beispiellos und ein wenig mutig, bei der griesgrämigen alten Frau zu klingeln.

Keine fünf Minuten später machte sich Emily auf den Weg nach unten.

Niemals würde sie ihrem Opa und ihrer Mama verraten, wie sehr ihr Herz in dem Moment klopfte. Sie hatte ein mulmiges Gefühl im Bauch, und wenn sie ehrlich war, ganz schön Bammel vor der unfreundlichen Frau im Erdgeschoss.

Todesmutig drückte sie kurz darauf den Klingelknopf.

Eine Weile starrte Liese Schröder auf ihre Wohnungstür, als würde sie einen Geist erwarten.

Zu ärgerlich aber auch, dass ich keinen Spion habe, war ihr Gedanke, während sie auf ihre Haustür zuging.

„Wer ist da?“, brüllte sie nicht gerade freundlich.

„Emily“, kam es mit zaghafter Stimme zurück.

„Emily?“, fragte sie und öffnete die Tür einen Spalt weit, nur so weit, dass sie hinausblicken konnte, man sie aber nicht sah. Das machte sie immer so, wenn sie die Leute im Hausflur beobachtete. Sie stand stumm da und musterte das kleine Mädchen aus dem Dachgeschoss.

„Ich kann Sie sehen!“, erklärte dieses und lächelte sie an. Sie trug einen Mundschutz und hatte sogar Handschuhe an. In den Händen schwenkte sie zwei Gefäße, wenn Liese das richtig erkennen konnte.

„Was willst du?“, knurrte sie und hörte sich dabei

griesgrämiger an, als es gemeint war.

„Wir sind doch jetzt im Lockdown, also in Quarantäne, und da wollte ich Sie fragen, ob Sie etwas von unserem Essen haben möchten?“

„Nein danke!“, gab Liese knapp zurück und wollte die Tür schon wieder schließen. Zugegeben tat ihr das kleine Mädchen nun doch ein wenig leid, wie es dastand und traurig auf die Schüsseln blickte, die sie mitgebracht hatte. Blitzschnell hatte es sich im nächsten Moment umgedreht und stand bereits auf den ersten Treppenstufen.

„Was gibt es denn zu essen?“, erkundigte sich Liese, die nun doch neugierig war und die Tür weiter geöffnet hatte.

„Das Lieblingsessen von meinem Opa: Gulasch, handgeschabte Spätzle und Feldsalat. Schmeckt absolut lecker“, erklärte Emily und strahlte bis über beide Ohren.

Liese Schröder war etwas überfordert und wusste gar nicht, womit sie diese plötzliche Zuneigung verdient hatte.

„Das hört sich wirklich fein an“, meinte sie, schnappte sich schnell ihre Mundbedeckung, die an ihrer Garderobe hing, und trat einen Schritt über die Türschwelle. So sehr sie sich auch bemühte, mit freundlicher Stimme zu sprechen, gelang es ihr nicht ganz. Auch war sie von jeher misstrauisch und fragte sich, ob die Wohngemeinschaft sie wohl vergiften wollte.

„Ihr habt da aber kein Gift reingemischt, oder?“, wollte sie daher forsch wissen.

„Nein, was denken Sie denn? Ich hoffe, das war ein Witz“, wehrte Emily empört ab und streckte ihr die Schüsseln entgegen. Es roch ganz vorzüglich.

„Ich danke dir. Und du heißt Emily?“, fragte Liese, die sich nun fast freundlich anhörte.

„Ja. Und du?“

„Ich heiße Liese.“

„Dann guten Appetit, Liese!“, wünschte Emily frohgemut und machte sich wieder auf den Weg nach oben.

Als sie um den nächsten Absatz gegangen war, wo ihre Nachbarin sie nicht mehr sehen konnte, hielt sie kurz inne und holte tief Luft. Ihr Herz klopfte ihr bis zum Hals. Dies hatte sie mehr Überwindung gekostet, als sie vorher gedacht hatte, doch nun war sie froh, der älteren Dame das Essen gebracht zu haben.

Zum Schluss hatte sie sich ja ein wenig gefreut.

Verwundert blickte Liese Schröder Emily nach und fragte sich, wie sie zu solch einer netten Geste kam. Wieder in ihrer Wohnung ging sie direkt in die Küche, um ihr Abendessen zu inspizieren. Zugegeben hatte sie einen Bärenhunger. Vermutlich hätte sie sich nun ihr übliches Käsebrot mit einer Tomate gemacht.

Ein Blick in den Kühlschrank gab ein äußerst mageres Bild ab. Wenn sie daran dachte, dass sie nun nicht mal mehr einkaufen gehen konnte, wurde ihr ganz anders.

Neugierig öffnete sie die beiden Gefäße und ihr lief sofort das Wasser im Mund zusammen. In der großen Tupperschüssel sah sie Gulasch in einer köstlich duftenden sämigen Sauce mit einer ordentlichen Portion Spätzle. In dem kleineren Gefäß war ein knackiger Feldsalat mit Speckwürfeln. Genauso, wie sie es mochte. Liese beschloss, sich das Essen aufzuteilen und daraus zwei Portionen zu machen, dann hätte sie noch etwas für den nächsten Tag.

Zufrieden setzte sie sich an ihren Küchentisch, öffnete sogar eine Flasche Wein zu dem Festmahl und machte eine Kerze an. Vorsichtig probierte sie den ersten Bissen und war erneut überrascht.

Das Essen schmeckte noch besser, als es aussah.

Zwar konnte Liese Schröder gut kochen und hatte dies früher auch gerne getan, aber wer kochte schon mit Freude für sich selbst?

Als sie die üppige Portion aufgegessen hatte, lehnte sie sich zufrieden zurück. Jetzt hatte sie nur noch ein Problem. Ihr war klar, dass sie sich für diese Nettigkeit bedanken musste. Nur hatte sie keine Ahnung, wie sie dies anstellen sollte.

4. RIYA

wunderte sich, was an diesem Mittwoch anders war. Schon seit über einer Stunde lungerte sie vor dem Fenster herum und linste immer wieder hinaus, um ihn zu sehen.

Sonst kam er mittwochs doch stets gegen 18 Uhr nach Hause. Dabei hatte er meist seine Gitarrentasche unter den Arm geklemmt. Offensichtlich hatte er an diesem Tag immer Gitarrenunterricht. Zu gerne würde sie ihn einmal spielen hören.

Sein Gesicht hatte sie bisher nur ein paar Mal gesehen. Meist hatte er einen Kapuzenpullover an, von dem er die Kapuze tief ins Gesicht gezogen hatte.

Eigentlich hatte er es gar nicht nötig, sein Gesicht so zu verstecken, da er durchaus hübsch war. Sehr gutaussehend sogar, wie Riya fand.

Zumindest, wie sie es von den wenigen Malen beurteilen konnte, wo sie ihn gesehen hatte.

Auch trug er meist dunkle, vornehmlich schwarze Kleidung. Auf Riya wirkte er irgendwie traurig, hatte aber doch eine anziehende Ausstrahlung. Zumindest klopfte ihr Herz immer ein bisschen schneller, wenn sie ihn sah.

Da war er!

Automatisch trat sie direkt ans Fenster und blickte hinunter. Sie konnte von Glück sagen, dass er meist auf den Boden schaute und niemals hinauf. Leon hieß er, das hatte sie mittlerweile herausgefunden. Riya fand, dass der Name perfekt zu ihm passte.

„Leon, der Löwe", sprach sie leise und lächelte.

Schon war er im Haus verschwunden und Riya etwas enttäuscht, dass ihr Happening für heute so schnell vorbei war. Wie lange sie auf ihn wartete und wie lange sie ihn sehen konnte, stand in keinem Verhältnis.

Mit flinken Schritten flitzte sie zur Eingangstür, um durch den Spion noch einmal einen Blick auf ihn erhaschen zu können. Doch dieser Augenblick war meist noch enttäuschender. Oft sah sie nur einen Ärmel oder etwas undefinierbares Dunkles vorbeihuschen.

Diesmal jedoch blieb Leon direkt vor ihrem Eingang stehen, was sie wunderte.

Sie konnte ihn von der Seite sehen, wie er in unmittelbarer Nähe vor dem Wohnungseingang stand und auf sein Handy blickte.

Noch näher schmiegte sich Riya an die Tür und linste durch den Spion, als wolle sie hindurchkriechen. So lange hatte sie ihn bisher nie anschauen können. Gespannt hielt sie den Atem an.

„Warum stehst du denn schon wieder vor der Tür?“, ertönte in dem Moment die Stimme ihrer Mutter aus der Küche. Wie erstarrt beobachtete Riya, wie Leon den Kopf drehte und sie direkt anblickte. Ihr Herz blieb beinahe stehen.

Hatte er ihre Mutter etwa gehört? Konnte er sie durch den Spion sehen?

In Zeitlupe drehte sie sich um, um sich von ihrem Türspion zu entfernen. Sicher hatte Leon ihre Mutter gehört. Wie peinlich!

Warum hatte diese überhaupt Deutsch mit ihr gesprochen?

Sonst sprachen sie zu Hause meistens Hindi. Langsam ging sie in die Küche und machte ihrer Mutter ein

Zeichen, leise zu sein.

„Wen beobachtest du denn da ständig?“, wollte diese forsch wissen, lächelte jedoch.

Riya fühlte sich etwas ertappt und wollte natürlich nicht zugeben, dass sie den Jungen von oben bereits seit Wochen ausspionierte.

„Ach nichts, ich schaue nur, wer da so vorbeikommt“, log sie äußerst schlecht und spürte zu ihrem Ärgernis, wie sie auch noch rot wurde. Zwar sah man dies bei ihr nicht so deutlich, da sie eine dunkle Haut hatte, doch ihre Mutter kannte sie gut genug, um zu wissen, dass sie gerade nicht die Wahrheit sagte.

Ihre Mutter schüttelte nachdenklich den Kopf und rührte weiter in dem Topf, in dem etwas vor sich hin köchelte.

„Du weißt, dass es keinen Sinn macht, sich hier zu verlieben“, meinte sie dann mit ernster Stimme. Auch ihr Lächeln war verschwunden. Kritisch blickte sie ihre Tochter an und erwartete eine Antwort.

„Weißt du das?“, hakte sie nach, da ihre Tochter nicht reagierte.

„Ja, Mutter“, antwortete Riya genervt, drehte sich auf dem Absatz um und ging in ihr Zimmer.

„Du kannst mir beim Kochen helfen!“, rief ihre Mutter ihr hinterher, doch sie gab vor, nichts gehört zu haben, und schloss ihre Zimmertür etwas lauter als eigentlich nötig.

Niedergeschlagen legte Riya sich auf ihr Bett und starrte an die Decke. Ihre Mutter hatte sie wieder auf den Boden der Tatsachen geholt, bevor sie überhaupt angefangen hatte zu träumen.

Natürlich wusste sie, dass sie sich hier in Deutschland nicht verlieben sollte.

Obwohl sie sich nach drei Jahren in diesem Land gut eingelebt hatten, war von Anfang an geplant gewesen, nach Indien zurückzukehren, wenn ihr Vater seine Arbeit hier erfolgreich abgeschlossen hatte.

Ihr Vater war von einer großen Softwarefirma aus Indien geholt worden und bekam für dieses Projekt ein gutes, für indische Verhältnisse horrendes Gehalt. Ihre Eltern hatten dies gleich als Chance gesehen, dass Riya und ihre Schwester auf eine deutsche Schule gehen sollten, um die Sprache zu lernen.

Das hatte bisher alles wunderbar geklappt. Riya sprach mittlerweile sehr gut Deutsch und ihrer kleinen Schwester Charu hörte man kaum noch an, dass sie aus Indien stammte.

Bei ihren Eltern war das schon anders. Sie konnten sich verständigen, sprachen untereinander aber meist Hindi und ihr Vater in seinem Job nur Englisch. Für sie gab es weniger Gelegenheiten, die Sprache zu lernen.

Wann sie wieder nach Indien zurückkehren würden, stand noch in den Sternen. Es war nur klar, dass sie zurückgehen würden, vermutlich innerhalb der nächsten zwei oder drei Jahre.

Das war eben der große Haken, denn dann stand Riya eine arrangierte Ehe bevor, wie es in Indien üblich war. Auch ihre Eltern waren eine arrangierte Ehe eingegangen.

Riya wusste sogar schon, wer der Auserwählte sein würde. Ein Freund ihres Cousins. Einmal hatte sie ihn bisher gesehen, das war's.

Nicht einmal geredet hatte sie mit ihm, und das sollte ihr zukünftiger Ehemann werden. Dieser Gedanke war für sie einfach unvorstellbar.

Ihre Mutter hatte auf sie eingeredet wie ein Wasserfall und ihre Auswahl begründet. Riya verstand die Gründe durchaus, aber konnte man jemanden heiraten, ohne ihn zu lieben?

Je länger sie in Deutschland lebte, umso abwegiger fand sie die Vorstellung einer arrangierten Ehe. Niemals würde sie dies ihren Freundinnen hier erzählen. Wie sollten die das verstehen, wo sie es selbst ja nicht einmal begriff.

Ihre Mutter hatte sich bei ihren Gesprächen nie über die arrangierte Ehe mit ihrem Vater beschwert. Zwar war sich Riya nicht sicher, ob man bei ihren Eltern mittlerweile von Liebe sprechen konnte, aber sie kamen gut miteinander klar und schienen glücklich. Vermutlich hatten sie sich einfach aneinander gewöhnt und respektierten sich. Mehr konnte man bei den meisten indischen Ehen nicht erwarten.

Eine unbeschreibliche Traurigkeit überkam sie, während sie auf ihrem Bett lag und an die Decke starrte.

Warum musste alles so kompliziert sein?

Warum konnte sie sich nicht einfach verlieben und glücklich sein?

Sie hatte bestimmt nicht geplant, sich in jemanden zu vergucken ... Sie hätte auch niemals gedacht, dass dies so einfach gehen würde, doch mittlerweile war sie sich sicher, dass sie sich in Leon verliebt hatte.

Warum auch sonst wartete sie jeden Tag, bis er nach Hause kam und sie ihn ein paar Sekunden sehen konnte?

Noch nie hatte sie ihn länger betrachten können, geschweige denn mit ihm gesprochen. Einmal war sie mit zwei schweren Taschen vom Einkaufen gekommen, und er hatte gerade die Haustür aufgeschlossen, die er ihr dann netterweise aufhielt.

Ihr Herz hatte so schnell geschlagen, dass sie Angst hatte, er könne es hören. Völlig beschämt hatte sie auf den Boden geblickt und nur ein leises Dankeschön gemurmelt. Sicher dachte er, sie sei etwas komisch oder würde kein Wort Deutsch sprechen.

Ihm für einen kurzen Moment so nah zu sein, hatte sie unglaublich glücklich gemacht. Nun wusste sie, was es hieß, Schmetterlinge im Bauch zu haben.

Ihr Leon, der Löwe. Der Name Riya bedeutete die Sängerin, was durchaus passte, da sie sehr gerne sang. Zwar nie öffentlich oder professionell, aber sie hätte zu gerne Gesangsunterricht genommen.

Der Name ihrer Schwester Charu bedeutete die Schöne. Ihre Eltern hatten diesen Namen gewählt, weil sie mit einer Lippenspalte auf die Welt kam, nichtsdestotrotz aber ein wunderschönes Kind war.

Nach mehreren Operationen sah man von der anfänglichen Fehlbildung mittlerweile gar nichts mehr. Nur wenn man es wusste, vielleicht ein bisschen.

Ihre Mutter hieß Priya, was die Liebevolle bedeutete. Ihr Vater hatte den Namen Amal, was für Hoffnung stand. In Indien war die Bedeutung der Namen sehr wichtig, bedeutender als hierzulande, wie Riya glaubte.

Überhaupt kannte sie keine ihrer Klassenkameradinnen, die sich so sehr an einer Religion orientierten, wie sie selbst und ihre indischen Freunde.

Zwar tat Riya dies aus Überzeugung, aber gerade wenn es um die Eheschließung ging, wünschte sie sich etwas Moderneres.

„Was ist denn mit dir? Du schaust so traurig“, vernahm sie in diesem Moment die Stimme ihrer kleinen Schwester, die durch die Tür lugte.

„Alles okay. Ich bin ein bisschen müde“, behauptete Riya und stand auf, um ihre kleine Schwester zu umarmen, die sie sehr ins Herz geschlossen hatte.

„Komm, lass uns Mama in der Küche helfen“, schlug sie vor und Charu folgte ihr völlig unbekümmert. Wenn sogar sie merkte, dass Riya traurig war, musste sie dies beim Essen unbedingt überspielen.

Sie wollte keine weiteren Fragen ihrer Mutter beantworten und erst recht nicht, dass ihr Vater auf ihr Problem aufmerksam wurde. Eine Diskussion darüber mit ihm konnte sie sich gar nicht vorstellen. Die wollte sie sich ersparen.

An diesem Abend kochte ihre Mutter eines ihrer Lieblingsgerichte: Aloo Gobi. Das war ein vegetarisches Curry, das hauptsächlich aus Kartoffeln und Blumenkohl bestand. Riya und Charu liebten dieses Gericht, das zwar würzig, aber nicht zu scharf schmeckte.

Seit sie denken konnten, ernährten sie sich vegetarisch, wie fast fünfzig Prozent aller Inder. Riya kannte kaum jemanden in ihrer Heimat, der ein Nicht-Vegetarier war, wie sie die Fleischesser bezeichneten.

In ihrer Heimat hatte sie höchstens mal jemanden Hühnerfleisch essen sehen. Rindfleisch war absolut tabu, da Kühe heilig waren und man sie verehrte. Ihre Eltern gehörten der hinduistischen Religion an und glaubten somit an die ewige Wiedergeburt. Demnach konnte die Seele eines Menschen auch in einem Tier wiedergeboren werden. Daher wollten viele Hindus keine Tiere töten.

Für Riya war es ganz selbstverständlich, kein Fleisch zu essen. Sie mochte nicht einmal den Geruch davon und konnte sich nicht vorstellen, es einmal zu probieren. Immerhin war diese Ernährungsweise auch hier mittlerweile voll im Trend, und sie wurde deswegen nicht schräg angeschaut.

Netterweise tat ihre Mutter so, als hätte die vorherige Unterhaltung nicht stattgefunden. Sie gab sich gut gelaunt, machte Scherze und verteilte die Aufgaben an ihre Töchter. Riya mochte die großzügige Küche. Vieles spielte sich in diesem Raum ab. Inder kochten unheimlich gerne und waren gesellige Menschen. Auch gefiel ihr, dass die Küche einen Balkon hatte, von dem aus man in den heimeligen Hinterhof blicken konnte.

Die Vierzimmerwohnung war perfekt für sie. Die Mädchen hatten ihre eigenen Zimmer und im Schlafzimmer der Eltern hatte sich ihr Vater ein kleines Homeoffice eingerichtet.

Vorhin war er noch mal ins Büro gefahren, um einige Sachen zu holen, die er in der Quarantäne benötigte. Zwar hatte er vorher auch manchmal von zu Hause aus gearbeitet, hatte aber einige wichtige Unterlagen noch in seinem Büro. Sehr eilig war er aufgebrochen.

Ihre Mutter war noch einmal einkaufen gegangen, wobei Riya und Charu sie begleitet hatten. Wie drei

Packesel waren sie anschließend nach Hause marschiert.

Zum Glück hatte Riya niemanden getroffen, den sie kannte.

Als ihr Vater etwas abgehetzt zur Tür reinkam, stand das Essen bereits dampfend auf dem Tisch. Das Aloo Gobi schmeckte wie immer vorzüglich. Dazu gab es Chai Tee und Kokosmilch, was die Mädchen gerne mischten.

Während des Abendessens wurde darüber gesprochen, wie die nächsten Tage ablaufen sollten. Riyas kleine Schwester hatte viele Fragen dazu, was Quarantäne bedeutete. Charu war in der zweiten Klasse, und eine Klassenkameradin würde ihr die Schulaufgaben in den Briefkasten werfen. Riya konnte ihre Aufgaben online erledigen. So wie es aussah, würden die Schulen sowieso bald schließen.

Es kam ständig in den Nachrichten und der Bundesstaat Bayern war nun mit dieser Entscheidung vorgeprescht und hatte bereits alle Kindergärten und Schulen geschlossen. In der Vergangenheit hatte sich gezeigt, dass bald die anderen Bundesländer folgen würden.

Nach dem Abendessen zog sich Riya in ihr Zimmer zurück, um ein bisschen mit ihrer Freundin zu chatten und etwas zu lesen.

„Riya, komm doch mal bitte her!“, hörte sie nach einer Weile die Stimme ihres Vaters. Sie kannte diesen Tonfall. Er hatte nichts Gutes zu bedeuten.

Hatte Priya etwa mit Amal gesprochen?

„Mach bitte die Tür hinter dir zu“, forderte ihr Vater sie auf, als sie ins Wohnzimmer kam.

Sie konnte sich schon denken, was er zu sagen hatte.

Mit hängenden Schultern setzte sie sich ihm gegenüber.

5. LIESE

Schröder tingelte schon eine Weile durch ihre Wohnung und überlegte, was sie der kleinen Emily als Dank schenken könnte. Ehrlich gesagt war sie mit der Situation etwas überfordert. Seit gefühlt einer Ewigkeit hatte sie nichts geschenkt bekommen und sich genauso lange für nichts bedanken müssen.

Sie war sich nicht sicher, ob sie noch wusste, wie man so etwas überhaupt anstellte.

Da sie die nächsten Tage nicht einkaufen gehen konnte, musste es etwas aus ihrem Haushalt sein. Natürlich nichts Uraltes, Verstaubtes ...

Und da war schon das Problem. Was sollte sie in ihrer Wohnung haben, was einem kleinen Mädchen gefallen könnte?

Etwas verzweifelt blickte sie sich in ihrer Vorratskammer um. Bald wurde ihr klar, dass sie hier wohl kaum eine kleine Aufmerksamkeit für Emily finden würde. Darüber hinaus versetzten sie der Anblick ihrer Speisekammer und die Tatsache, dass sie die nächsten Tage das Haus nicht mehr verlassen konnte, in leichte Panik. Ihr Vorratsraum war so gut wie leer geräumt und sicherlich waren die wenigen Lebensmittel, die hier noch lagerten, mittlerweile abgelaufen. Ewig hatte sie hier nicht ausgemistet.

Gleich nutzte sie die Gelegenheit und nahm einen Staubwedel zur Hand, um die Regalbretter etwas abzustauben. Nach etwa fünfzehn Minuten betrachtete sie ihre klägliche Ausbeute für ein Geschenk. Sie hatte lediglich eine angebrochene Packung Schnapsbohnen und eine Schachtel *Merci* gefunden, die sie laut Verfallsdatum spätestens vor drei Jahren hätte verschenken müssen. Das konnte sie wohl vergessen.

Sie musste woanders suchen. In dem Moment kam ihr eine Idee. Sie ging zu dem Zimmer, das sie mehrere Monate lang nicht mehr betreten hatte.

In dem Zimmer von Andreas, das immer noch so aussah, als könne er jeden Moment zurückkommen, blickte sie sich suchend um. Bis Andreas etwa 22 Jahre alt war, hatte er hier gelebt, was mittlerweile genauso lange her war. Ihr kleiner Junge war inzwischen 42 Jahre alt.

Tatsächlich sah sie ihn in dem Moment im Alter von etwa zwölf Jahren vor sich, wie so oft. In ihrer Erinnerung würde er einfach immer ein kleiner Bub bleiben. In ihrem Gedächtnis war die Zeit verankert, in der alles noch harmonisch gewesen war: Andreas hier zu Hause glücklich spielend und Heinz vor seiner Krankheit, als die beiden noch ein sorgenfreies Ehepaar waren. Gut, sie hatten auch manchmal gestritten, wie es in jeder Ehe vorkam, aber alles in allem waren sie doch recht unbeschwert gewesen, zumindest in ihrer Retrospektive.

Sie betrat dieses Zimmer nicht oft. Langsam ging sie durch den Raum und schaute sich die Bilder an, die an der Wand hingen, als hätte sie diese noch nie gesehen. Auch für das Betrachten seiner CD-Sammlung nahm sie sich Zeit. Tatsächlich fühlte sie sich sogleich in die 90er-Jahre zurückversetzt. Es war doch ein Jammer, dass sie sich so entzweit hatten.

Nachdem sie eine Weile herumgestreift war, musste sie einsehen, dass sie wohl nichts finden würde, was Emily gefallen könnte.

Gerade, als sie das Zimmer wieder verlassen wollte, fiel ihr Blick auf ein Schachspiel, das sie Andreas zu seinem neunten oder zehnten Geburtstag geschenkt hatte. So alt musste Emily doch in etwa sein. Vielleicht etwas jünger.

Langsam trat sie auf das Regal zu, in dem das Spiel stand, und nahm es heraus. Mit einer Hand wischte sie den Staub von der Oberfläche, während sie mit der anderen das kleine Häkchen löste, das das Kästchen zusammenhielt. Es war ein hübsches Holzschachspiel und damals gar nicht billig gewesen, wie sie sich erinnerte. Andreas hatte unbedingt so ein Spiel haben wollen mit magnetischen Holzfiguren.

Kurz setzte sie sich an den Schreibtisch, um zu kontrollieren, ob das Spiel noch vollständig war. Man konnte ja nie wissen nach so langer Zeit. Nachdem sie alle Figuren auf ihren Platz gestellt hatte und zufrieden feststellte, dass keine fehlte, hätte sie fast Lust bekommen, selbst Schach zu spielen.

Damals hatte sie gelernt, wie dieses trickreiche Spiel funktionierte, da Andreas kaum einen Gegenspieler gehabt hatte. Sein Vater war zu der Zeit viel arbeiten gewesen, und wenn Freunde zu ihm gekommen waren, hatten sie lieber etwas anderes machen wollen, als Schach zu spielen. Geduldig hatte ihr Sohn ihr das Schachspiel beigebracht, um sie dann immer wieder zu besiegen.

Wenn sich Liese richtig erinnerte, hatte sie nur ein einziges Mal gegen Andreas gewonnen. Manchmal hatte sie sich gefragt, ob er ihr das Schachspiel überhaupt richtig beigebracht hatte.

Liebevoll packte sie die schmucken Holzfigürchen wieder in die Kiste und verschloss das Häkchen. Irgendetwas sagte ihr, dass dies etwas sein könnte, worüber sich das Mädchen von oben freuen würde.

6. ALEXANDER

Bierbaum war schon wieder den ganzen Tag umhergestrichen, ohne etwas Sinnvolles zu tun. Was konnte er auch Großartiges machen in der momentanen Situation?

Seinen Antiquitätenladen hatte er bereits vor einigen Wochen schließen müssen. Dies würde der Todesstoß für sein Geschäft sein, dessen war er sich sicher, denn auch schon vor dem Lockdown lief sein Laden nicht wirklich gewinnbringend.

Täglich verließ er das Haus, um „zur Arbeit" zu gehen. Seiner Frau Susanne hatte er weismachen können, er habe einen Ersatzjob gefunden. Ihr hatte er erzählt, er würde gegen Geld einem Freund bei der Renovierung eines Hauses helfen. Natürlich war dies eine Notlüge gewesen.

Was hätte er auch sonst machen sollen?

Er wollte nicht, dass sie sich so viele Sorgen machte. Seitdem Susanne vor einem halben Jahr noch mal Mutter geworden war, war sie nah ans Wasser gebaut. Fast vermutete er, dass sie so etwas wie eine postnatale Depression hatte, aber davon wollte sie nichts wissen.

Susanne war immer eine äußerst taffe Frau gewesen, die ihr Leben im Griff hatte und ihren Erfolg genoss. Daher konnte sie es auch nicht ausstehen, seit einigen Monaten auf Alex und sein Gehalt angewiesen zu sein.

Als sie sich in Mutterschaftsurlaub begab, war von der Pandemie noch keine Spur gewesen, und sie wiegte sich in der Sicherheit, ihren Job so bald wie möglich wieder aufnehmen zu können. Das sah mittlerweile ganz anders aus.

Die Chancen, ihren vorherigen Job wieder aufzunehmen, beliefen sich gegen null. Vor der Pandemie und ihrer Schwangerschaft war sie die Geschäftsführerin des größten Heidelberger Fitnessstudios gewesen. Sie war in dieser Position geradezu aufgeblüht.

Die ungeplante Schwangerschaft hatte ihr den ersten Strich durch die Rechnung gemacht, die Pandemie den zweiten. Mittlerweile war das Fitnessstudio auch geschlossen, und wann sie dort wieder anfangen würde, stand in den Sternen.

Natürlich belog Alex seine Frau nicht gerne. Ihm war aber klar, dass sie schlaflose Nächte haben würde, wenn sie die Wahrheit wüsste. Die Sache mit dem Job und der Wohnungsrenovierung war einigermaßen plausibel, da sein erlernter Beruf Bauingenieur war.

Die Idee mit dem Antiquitätenladen hatte er vor etwa drei Jahren gehabt. Damals hatte er sich endlich seinen Traum erfüllen wollen: Sein eigener Chef sein, nicht mehr kontrolliert werden, keine Vorgaben, die zu erfüllen waren, einfach frei sein. Das war schon immer sein Wunsch gewesen, und eines Morgens hatte er gesehen, dass der hübsche kleine Buchladen in einer Seitengasse der Fußgängerzone zu verpachten war.

Alex überlegte nicht lange, besprach sich kurz mit Susanne, die seine Idee ebenfalls guthieß, und ein paar Tage später war er der Besitzer des kleinen Ladens.

Dass er Antiquitäten verkaufen wollte, stand außer Frage. Von jeher hatte er sich für kunstvolle Sachen interessiert und diese gesammelt, ging gerne auf Flohmärkte und Auktionen, um Schnäppchen zu erhaschen. Ihre Wohnung war vollgestellt mit kleinen

Schätzen und im Keller befand sich eine Sammlung, mit der er seinen ganzen Laden auf Anhieb fast komplett einrichten konnte. Es passte einfach alles zusammen. Damals zumindest.

Anfangs lief das Geschäft ganz gut, vermutlich zog es viele Neugierige an, da es in der Altstadt nicht gerade von Antiquitätenläden wimmelte. Bei der Neueröffnung rannten sie ihm fast die Tür ein. Damals dachte er natürlich, wenn der Anfang schon so vielversprechend war, konnte es ja nur noch besser werden. Doch es sollte bei der Hoffnung bleiben ...

Alex hatte einfach unterschätzt, wie viele Touristen in der Heidelberger Fußgängerzone unterwegs waren, und dass diese nicht gerade auf der Suche nach einem antiken Sessel oder Nachttisch waren, war einleuchtend. Auch machte sich eine original Meißner Vase oder eine edle Stehlampe im Tiffany-Stil schlecht im Handgepäck auf dem Flug zurück in die USA oder nach China.

Nach einem Jahr mit stetig fallenden Gewinnzahlen setzte Alex Bierbaum immer mehr auf Souvenirartikel. Bald machten die Hälfte seines Ladens eher hässliche Bierkrüge mit Zinndeckeln, Gläser mit einer Gravur des Heidelberger Schlosses, klobige Schlüsselanhänger und

Scherenschnitte kaum größer als eine Briefmarke aus.

Zwar liefen diese Waren einigermaßen, aber für einen Souvenirladen lag sein Antiquitätengeschäft nicht zentral genug. Da verkauften die kleinen Kiosks rund um die Heiliggeistkirche sicherlich das Zehnfache von den kitschigen Artikeln. Auch war Alex mit dieser Lösung nicht zufrieden. Irgendwie war es nichts Halbes und nichts Ganzes, allerdings sah er ein, dass er ohne die Souvenirartikel seine Pacht überhaupt nicht zahlen konnte.

Von den Antiquitäten verkaufte er meistens nur welche in seinem Onlineshop. Hierzu hätte er die Sachen allerdings auch einfach in seinem Keller stehen lassen können, wie er oft etwas verbittert dachte.

Drei Jahre hatte er sich mehr recht als schlecht über Wasser gehalten, keine großen Sprünge machen können und seine Verkäufe meist positiver dargestellt, als sie in Wirklichkeit waren. Zu dieser Zeit war er dankbar für Susannes zweites Gehalt, das sie nach Hause brachte.

Dann kam allerdings Susannes Schwangerschaft hinzu, die sie mit Mitte vierzig völlig überraschte, und kurz darauf die Pandemie.

Nun hatte er mit einem geschlossenen Laden eine

vierköpfige Familie zu versorgen. Alex fragte sich oft, wem bei diesem Gedanken nicht der Arsch auf Grundeis gehen würde.

Um wenigstens seine Frau vor einer Panikattacke zu schützen, hatte er sie belogen. Zwar wusste er nicht, wie lange er dies noch aufrecht erhalten konnte, denn auch sein Erspartes schmolz dahin wie nichts.

Noch dazu hatte er sich eine wirklich üble Angewohnheit zugelegt. Anstatt zu arbeiten, versuchte er, die Wahrheit zu verdrängen und sich sein Leben schönzutrinken. Oft hatte er schon mittags das erste Bier intus, das er auf einer Bank am Neckar trank. Zwar war ihm klar, dass er wie ein Obdachloser aussah, aber nur so konnte er das Leid und die Sorgen momentan ertragen.

Jetzt stand er im Flur und überflog den Zettel, der dort mehrmals hing.

„Auch das noch“, grummelte er halblaut vor sich hin, als er hörte, wie hinter ihm die Tür leise geöffnet wurde. Frau Schröder musste wieder überprüfen, wer sich im Flur aufhielt.

Meist beachtete er die neugierige Frau gar nicht, heute allerdings ging sie ihm wirklich auf die Nerven mit ihrem ständigen Stalken.

Rasch drehte er sich zu ihr um und brüllte geradezu: „Einen schönen guten Abend." Natürlich hatte er vorgehabt, sie zu erschrecken, was ihm gelungen war.

Anstelle einer Antwort knallte sie nur hastig die Tür zu.

Immerhin musste er kurz über seine Aktion lächeln. Das geschah der alten Giftspritze recht. Alex nahm sich vor, dies von nun an öfter zu tun, wenn sie ihn wieder einmal ausspionierte.

Sofern er die Notiz der Stadt richtig verstand, durften sie ab morgen das Haus nicht mehr verlassen. Das bedeutete, dass er vermutlich noch mal Einkaufen fahren musste. Rasch überlegte er, welcher Laden bis 21 Uhr oder länger offen hatte.

Als Alex die Wohnungstür aufschloss, empfing ihn die übliche Geräuschkulisse. Aus Leons Zimmer gleich zu seiner Rechten erklang hinter der verschlossenen Tür gedämpfte Gitarrenmusik. Aus der Küche ertönte geschäftiges Klappern, und der kleine Louis quengelte ein wenig vor sich hin.

Er mochte es, wenn sein Sohn Gitarre spielte und seine eigenen Lieder komponierte. Kurz lauschte er und nickte zufrieden. Leon hatte innerhalb kürzester Zeit ein richtiges Talent entwickelt. Dies dürfte man ihm natürlich nicht sagen, da er dann sofort aufhören würde mit dem Spielen. Teenager konnten äußerst seltsam auf Lob reagieren.

Anfangs hatte Leon eher zögerlich mit dem Gitarrespielen angefangen, im Grunde nur, um nicht Klavier spielen zu müssen. Doch als er nach etwa zwei Jahren immer besser wurde, entwickelte sich das Musizieren zu einem neuen Hobby. Mittlerweile war Leon sechzehn und somit in dem richtigen Alter, um eine Band zu gründen. Insgeheim hoffte Alex nur, dass sie nicht sein Kinderzimmer als Proberaum wählten.

Sobald er mehr Geld verdienen würde, würde er den Jungs sofort einen Proberaum anmieten. Allerdings waren all das nur Hirngespinste, da Leon ja nicht einmal eine Band hatte.

Vermutlich war dies lediglich ein Wunschgedanke von ihm, da er selbst in diesem Alter eine Rockband mit dem Namen *Megadad* gehabt hatte. Den Schreibfehler hatten sie erst nach ihrem ersten Auftritt vor etwa fünf Leuten bemerkt. Natürlich sollte es *Megadead* heißen und nicht *Megadad.* Enttäuscht hatten sie festgestellt, dass es diesen Namen bereits gab. So spielten sie einige Jahre einfach unter der Bezeichnung *Band X*, da sie sich auf keinen Bandnamen einigen konnten.

Im Grunde eine sehr lustige Geschichte. Alexander nahm sich vor, diese später Leon zu erzählen. Das Lied, das aus Leons Zimmer ertönte, hörte sich richtig gut an. Am liebsten hätte er ihm dies gleich gesagt, hielt sich aber zurück. Der Schuss konnte gehörig nach hinten losgehen.

Zuerst legte er seine Sachen ab und zog seine Arbeitsklamotten aus, die er nur zur Tarnung trug, wobei er sich zugegebenermaßen etwas lächerlich vorkam. Danach ging er zu Susanne in die Küche. Diese hatte ihn noch nicht kommen hören: Die Dunstabzugshaube, das Radio und der quengelnde Louis waren einfach zu laut.

Alex war sich nicht sicher, ob er dies nur falsch in Erinnerung hatte, aber er bildete sich ein, dass Leon bei Weitem nicht so ein unruhiges Baby gewesen war.

Susanne hatte schon alles versucht von Beruhigungsmusik über Babyyoga, verschiedene Babywippen, Babymassage, Fußreflexzonenmassage bis hin zu speziell geformten Schnullern. Demnächst wollte sie einen Spezialisten aufsuchen, da die berühmten ersten drei Quengelmonate schon lange vorbei waren.

Oft tat ihm Susanne leid, da er wusste, dass auch sie

nicht die Nerven für ein ständig weinendes Baby hatte. Ab einem gewissen Alter war man für so etwas einfach zu alt. Alex war sich sicher, dass dieser Punkt mit dem vierzigsten Geburtstag erreicht war. Er hatte gerade vor ein paar Wochen einen recht unspektakulären siebenundvierzigsten Geburtstag gefeiert.

Schnell steckte er sich einen Kaugummi in den Mund, um den Biergeruch zu übertünchen, wobei er meist ein paar Stunden, bevor er nach Hause ging, genau aus diesem Grund kein Bier mehr trank. Trotzdem überlegte er, ob er überhaupt fahren konnte, denn dass er heute noch einkaufen musste, stand außer Frage.

„Hallo, Schatz!“, begrüßte er Susanne und umarmte sie liebevoll.

„Da bist du ja endlich“, sagte sie ein wenig vorwurfsvoll und gab ihm einen Kuss.

Alex sah ihr an, dass sie gestresst war. Im Grunde sollte er einfach die Wahrheit sagen, dass er keinen Job mehr hatte und vermutlich in naher Zukunft keinen neuen finden würde und er beschlossen hatte, ihr stattdessen hier zu Hause mit Louis zu helfen. Da hätte sie sicherlich mehr davon, als sich in der Gewissheit zu wiegen, dass monatlich ein Gehaltsscheck kam, sie aber ständig angelogen wurde.

Doch dies brachte Alex einfach nicht übers Herz. Er wusste, dass sie vor Sorgen schlaflose Nächte haben würde. Oder besser gesagt: Noch schlaflosere Nächte, denn wegen Louis waren sie oft mehrere Stunden nachts wach. Natürlich liebten sie den Kleinen über alles, und er tat ihnen wahnsinnig leid, dass er vermutlich ständig Bauchweh hatte und sie ihm nicht helfen konnten.

Gleich hatte sich Alex seinen Sohn geschnappt und wiegte ihn liebevoll auf dem Arm, so wie er es mochte. Zwar lächelte Louis seinen Vater an, wirkte aber immer noch unruhig.

„Hast du das Schild im Hausflur gesehen?“, wollte Susanne wissen.

„Ja, habe ich. Deshalb wollte ich dich fragen, was ich noch einkaufen soll.“

„Das ist einiges. Wir haben auch kaum noch Babypulver.“

„Soll ich mich gleich auf die Socken machen?“, wollte Alex wissen, während er versuchte, Louis den Schnuller zu geben, den dieser immer wieder ausspuckte.

„Nein. Lass uns erst essen. Leon hat bestimmt einen Bärenhunger. In der Bahnstadt kannst du ja bis 22 Uhr einkaufen."

Susanne hatte sich an dem Abend besonders ins Zeug gelegt mit dem Essen, das hatte Alex gleich gesehen und vor allem gerochen. Es gab Käsespätzle, einen großen Salat und selbst gemachtes Eis zum Nachtisch.

Seit ein paar Wochen hatte Leon die fixe Idee, sich vegetarisch zu ernähren, wobei ihn Susanne tatkräftig unterstützte. Richtig begeistert war seine Frau von dem neuen Trend, Alex` Begeisterung hielt sich in Grenzen. Mal wieder ein schönes Steak auf dem Teller hätte er nicht abgelehnt.

Leon meinte, es wäre eine gewisse Challenge, einen Monat lang vegetarisch zu leben. Die dreißig Tage waren mittlerweile vorbei, aber Leon hatte an dieser Lebensweise Gefallen gefunden, und Susanne legte sich mächtig ins Zeug, leckere vegetarische Speisen zu kochen.

Richtig gesprächig war Leon an diesem Abend. Offensichtlich hob die Aussicht, die nächsten Tage nicht in die Schule gehen zu müssen, seine Laune.

Es gab auch Abende, da hatte Leon seine Kapuze tief ins Gesicht gezogen und schaufelte das Essen nur wortlos in sich hinein. Doch heute war es anders. Eifrig berichtete er von den neuen Liedern, die er komponierte, und wie er plante, von zu Hause aus für die Schule zu arbeiten. Natürlich war daneben wieder ein Hauptthema die Pandemie, wie fast jeden Abend, nun mit den konkreten Auswirkungen auf ihre Hausgemeinschaft.

„Meint ihr, die anderen Leute im Haus kommen alle klar? Zum Beispiel die alte Spionin unten."

„Ach, hör mir bloß auf mit der! Sie hat mich eben wieder beobachtet, als ich im Flur stand und den Aushang las."

„Sie hat halt sonst nichts zu tun", verteidigte Susanne sie.

„Eigentlich kann sie einem ja leidtun", stimmte Leon ein.

„Was ist denn mit euch los? Seit wann habt ihr Mitleid mit dem Hausdrachen? Wenn sie wenigstens nett wäre, nur ein bisschen, mal grüßen würde oder lächeln, wäre das ja was anderes", hielt Alex an seiner Meinung fest.

„Wie dem auch sei ... Du musst noch einiges einkaufen", lenkte Susanne auf ein anderes Thema, „und ich wollte dich fragen, ob du Louis vielleicht mitnehmen kannst."

Damit hatte Alex schon gerechnet, denn wenn Louis friedlich vor sich hin schlummerte, war es im Auto. Alex hatte schon oft gehört oder gelesen, dass Eltern nachts stundenlang mit ihrem Kind durch die Gegend fuhren, bis es endlich schlief. Niemals hatte er sich dies vorstellen können, doch Louis schien genau so ein Baby zu sein.

Mit dem Rumfahren war es in der Altstadt allerdings nicht so einfach, nicht das Fahren an sich, sondern das Parken war hier das Problem. Wenn sie einmal in den kleinen Gässchen einen Parkplatz gefunden hatten, waren sie froh und bewegten ihr Auto oft tagelang nicht, meist bis zum nächsten Großeinkauf.

„Okay, das mache ich", meinte Alex, der wusste, wie sehr sich Susanne auf ein paar Stunden Ruhe freute. Vermutlich würde sie sich auf das Sofa legen, sich vornehmen, etwas zu lesen, und dann einschlafen. So war es zumindest bisher meistens gewesen, wenn er mit Louis unterwegs gewesen war.

„Hilfst du Mama in der Küche?", fragte er an Leon gewandt, „dann machen wir uns sofort auf die Socken."

Louis schien zu merken, dass es gleich zu seiner geliebten Autofahrt ging, denn schon beim Wickeln und Anziehen verhielt er sich überraschend ruhig. Alex deutete dies als gutes Zeichen, dass er vielleicht auch beim Einkauf schlafen würde. Meistens wachte Louis allerdings schnell wieder auf, wenn er das angenehm schaukelnde Fahrzeug verließ.

Mit einer ellenlangen Einkaufsliste in der Tasche und dem Babysitz samt Louis am Arm ging Alex die Treppen hinab und begegnete wieder Frau Schröder. Komischerweise war diese im Treppenhaus unterwegs, auf dem Weg nach oben. Noch nie hatte er sie hier getroffen. Meistens sah man sie nur an ihrem Fenster hinter dem Vorhang hervorlugen oder vom Flur schnell wieder in ihre Wohnung huschen.

„Guten Abend“, grüßte er übertrieben freundlich, worauf nur ein Brummen als Antwort kam.

Immerhin hatte sie ihn kurz angeblickt, ob sie unter ihrem Mundschutz gelächelt hatte, würde ihr Geheimnis bleiben. Er glaubte es allerdings nicht.

Als er weiterging, überlegte er, was sie wohl vorhatte. Erst jetzt fiel ihm auf, dass sie etwas in den Händen gehalten hatte. War das ein Schachspiel gewesen?

Die alte Frau verwunderte ihn. Als wolle Louis ihm zustimmen, begann er in dem Moment zu weinen. Das konnte ja was werden …

7. LIESE

Schröder stieg langsam die Treppenstufen empor, während ihr Puls immer mehr beschleunigte. Natürlich schob sie dies auf die Anstrengung und nicht auf die Aufregung, gleich bei Familie Becker zu klingeln. Zugegeben machte die Mundbedeckung den Aufstieg etwas mühsamer, wobei sie für ihr Alter noch ganz gut in Schuss war.

Kurz musste sie vor der Haustüre im obersten Stockwerk verschnaufen und nutzte diesen Moment, um zu lauschen, was sich hinter der Tür abspielte. Zu ihrer Enttäuschung hörte sie nur gedämpfte Musik und das Klappern von Geschirr aus der Küche.

Sie wusste zwar nicht, worauf sie gehofft hatte, aber vermutlich auf etwas, das ihr den Anlass gegeben hätte, sich auf dem Absatz wieder umzudrehen und unverrichteter Dinge in ihre Wohnung zurückzukehren.

Doch leider existierte kein Grund, warum sie nicht diesen verdammten Klingelknopf drücken sollte. Liese gab sich einen Ruck und betätigte resolut die Klingel. Dass sie diese viel zu lange gedrückt hielt, fiel ihr erst auf, als die Tür aufgerissen wurde.

„Was um Himmels willen ...“, stieß Sarah empört aus, um sogleich überrascht innezuhalten, als sie erblickte, wer vor ihrer Wohnung stand.

„Guten Abend, Frau Schröder“, begrüßte sie sie dann und lächelte etwas gezwungen. Sogleich sah sich Sarah nach ihrem Mundschutz um, da ihr Gegenüber ebenfalls einen trug. Überhaupt war Sarah von ihrer Arbeit im Krankenhaus gewohnt, diesen den ganzen Tag anzuhaben.

„Guten Abend, Frau Becker“, erwiderte Liese Schröder etwas steif und wirkte dabei fast schüchtern.

„Welcher Idiot hat da gerade so sturmgeklingelt?“, vernahm sie in dem Moment eine erboste Stimme, zu der im nächsten Moment das Gesicht von Opa Fred auftauchte.

„Ach Gott!“, meinte er dann nur, als er die Nachbarin erblickte, und nickte ihr kurz zur Begrüßung zu. Begeisterung sah allerdings anders aus. Vermutlich aus

Neugierde blieb er in ein paar Metern Entfernung stehen, um zu sehen, was passierte.

Kurz darauf gesellte sich auch Emily zu ihrem Opa und rief freudig: „Frau Schröder. Was machen Sie denn hier?“

Die viele Aufmerksamkeit war Liese Schröder zugegeben etwas unangenehm, doch nun gab es kein Zurück mehr.

„Ich wollte mich nur für das ausgezeichnete Essen bedanken und habe hier etwas für dich, Emily.“ Unbeholfen streckte sie dabei Sarah das Schachspiel entgegen, das sie lediglich mit einer Schleife umwickelt hatte, da sie kein Geschenkpapier gefunden hatte.

„Oh, das ist aber nett“, bedankte sich Sarah, die von der Situation etwas überrumpelt war und nicht recht wusste, was sie sagen sollte.

In dem Moment trat Emily neben ihre Mutter, um das Geschenk persönlich entgegenzunehmen.

„Ein Schachspiel?“, fragte sie, ohne jegliche Wertung.

„Ja, ich dachte, das könnte dir Spaß machen, wenn wir nun die nächsten Tage das Haus nicht verlassen dürfen. Vielleicht kann dir dein Opa ja das Schachspielen beibringen?“

„Ich war der ungeschlagene Schachmeister im

Augustinum“, behauptete dieser sogleich, wobei man wissen musste, dass das Augustinum sein Altersheim war. „Da hatte ich es allerdings nur mit Schwachköpfen zu tun“, fügte er noch an, worauf alle lachen mussten.

„Das ist wirklich nett. Vielen Dank!“, meinte Emily höflich, die sich noch nicht ganz klar darüber war, was sie von dem Geschenk halten sollte.

„Möchten Sie nicht reinkommen? Wir könnten mit Abstand im Wohnzimmer einen Tee trinken, wenn Sie möchten“, schlug Sarah vor, die merkte, dass die Besucherin sich etwas unwohl fühlte.

„Nein danke. Ich muss wieder runter“, behauptete Liese Schröder, nickte den dreien noch einmal zum Abschied zu und machte sich auf den Rückweg.

Bereits nach einigen Treppenstufen ärgerte sie sich darüber, dass sie die Einladung nicht angenommen hatte. Sicherlich wäre es nett gewesen, ihre Nachbarn mal näher kennenzulernen. Was wollte sie alleine in ihrer Wohnung? Dort hatte sie in den letzten Jahren genug einsame Abende verbracht.

Liese nahm sich vor, die nächste Einladung nicht abzuschlagen.

Sollte es eine solche jemals wieder geben ...

8. ALEXANDER

konnte von Glück reden, dass Louis im Wagen in einen komaartigen Tiefschlaf verfiel und auch nicht aufwachte, als er die Babyschale äußerst vorsichtig vom Rücksitz auf den Einkaufswagen beförderte. Wenn man Louis so betrachtete, wie er zufrieden schlief, konnte man sich gar nicht vorstellen, dass das nur äußerst selten der Fall war. Zumindest konnte sein Vater nun in aller Seelenruhe seine unendlich lange Liste abarbeiten.

Den Supermarkt hatte Alex aus strategischen Gründen gewählt, da dieser über eine gut ausgestattete Drogerieabteilung verfügte. Damit fing er an. Nach einer Weile war bereits der halbe Einkaufswagen mit Babypulver, Windeln, Feuchttüchern und Gläschen von Babynahrung gefüllt. Immer weiter ging er durch die Gänge und hatte fast die Sorge, dass ein Einkaufswagen nicht reichen würde. Es war ein komischer Anblick, alle

Menschen im Supermarkt mit Mund-Nasen-Schutz zu sehen. Zwar hatte man sich langsam daran gewöhnt, aber trotzdem wirkte es irgendwie befremdlich. Es war schon eine verrückte, angsteinflößende Zeit.

Wenn ihm jemand vor einem Jahr gesagt hätte, dass er wegen eines Virus sein Geschäft schließen müsste, sein Haus nicht mehr verlassen dürfe und um seine Existenz fürchten müsste, hätte er sein Gegenüber für völlig bekloppt erklärt. Doch genau so war es gekommen.

Allein der Anblick des Gangs, in dem sich normalerweise das Toilettenpapier befand, zeigte, wie verrückt die Welt gerade war. Die Menschen verfielen in totale Panik, machten Hamsterkäufe ohne Ende und handelten dabei äußerst eigennützig.

Warum ausgerechnet Klopapier ganz oben auf der Lockdown-Einkaufsliste stand, war eines der vielen Mysterien dieser Pandemie. Es zeigte die tiefe innerliche Angst der Menschen, jemals ohne Klopapier leben zu müssen. Dies war offensichtlich wichtiger als frisches Obst oder Wasservorräte.

In dem Gang herrschte gähnende Leere, und trotz der Schilder, die die Kunden darauf aufmerksam machten, nur eine Packung pro Haushalt zu kaufen, war kaum noch Klopapier übrig.

Lediglich von der völlig überteuerten Marke, die Alex sonst nie kaufte, lagen zwei einsame Packungen im Regal. Schnell schnappte er sich eine und fühlte sich dabei, als hätte er im Lotto gewonnen. Ein wenig zumindest.

Susanne musste den ganzen Tag damit verbracht haben, die äußerst ausgeklügelte Einkaufsliste zusammenzustellen. Bald hatte Alex Spaghetti und Pasta in den verschiedensten Formen sowie Saucen in allen Geschmacksrichtungen in seinem Wagen, weswegen die Kassiererin wahrscheinlich vermutete, er wolle ein italienisches Restaurant eröffnen. Aber diese waren den Anblick mittlerweile gewohnt.

Als Alex durch die Getränkeabteilung schlenderte, überlegte er, ob er auch seinen Biervorrat aufstocken sollte. Immerhin konnte er nun nicht mehr durch die Gassen ziehen und zu seinem kleinen Supermarkt gehen, um sich ein kühles Bier zu holen.

Vielleicht sollte ich die nächsten Tage nutzen, um mal nichts zu trinken, dachte er, während er bereits automatisch nach dem ersten Sixpack griff. *Wie lange wird das reichen? Zwei Tage höchstens.* Ohne länger darüber nachzudenken, lud Alex zwei weitere Packungen in seinen Wagen, und war insgeheim froh, dass er bisher nie zu härteren Sachen übergegangen war.

Gegen Ende musste er sogar noch einen Einkaufskorb dazu nehmen, da nichts mehr in seinen Einkaufswagen passte, und Louis bereits halb bedeckt war von Sellerie und Suppengemüse.

Bis er sich an der Kasse anstellte, war es tatsächlich kurz vor 22 Uhr, aber er war nicht der Einzige, der so spät noch das Nötigste besorgte.

Er parkte den Wagen kurz mit eingeschaltetem Warnblinker direkt vor dem Haus, um alles auszuladen und Susanne ein immer noch friedlich schlafendes Baby zu übergeben.

Wie er sich gedacht hatte, lag seine Frau glücklich schlummernd auf dem Sofa, daher stellte er Louis neben sie und bat Leon, ihm beim Ausladen zu helfen.

Noch vor ein paar Wochen hätte sein älterer Sohn dies nur äußerst genervt und mit rollenden Augen getan, heute allerdings war er ausgesprochen hilfsbereit. Überhaupt war er in den letzten Wochen sehr umgänglich, was bei seinen Eltern die Hoffnung aufkommen ließ, dass die Pubertät endlich vorbei sei, die gefühlt schon mit elf Jahren begonnen hatte.

Die beiden Männer arbeiteten flink. Leon bekam alle Sachen, die in der Küche untergebracht werden sollten. Alex schleppte die Vorräte in den Keller, wozu auch seine Biersammlung gehörte.

Schon länger war er nicht mehr in ihrem Keller gewesen. Hier standen immer noch einige Antiquitäten herum, die eigentlich nach und nach in seinem Laden verkauft werden sollten. Während er seine Blicke darüber schweifen ließ, überlegte er, ob er dem Onlineverkauf noch mal eine Chance geben sollte, gerade in den jetzigen Zeiten.

Damals hatte sich der Verkauf von Möbeln als äußerst zeitaufwendig und wenig rentabel herausgestellt. Wenn es sich gelohnt hätte, hätte er dies gerne auf sich genommen, aber der Zeitaufwand und was die Leute gewillt waren, für die Sachen zu zahlen, lohnte sich schlichtweg nicht. Souvenirartikel verkauften sich übers Internet noch schlechter, da fehlte die Laufkundschaft, die spontan die eine oder andere Erinnerung an Heidelberg mitnehmen wollte.

Natürlich half es, wenn ganze Busladungen von Touristen durch die Hauptstraße liefen und seinem Schild „Souvenirs“ folgten. Oft fielen sie dann über seinen

Laden her wie die Heuschrecken und er hatte innerhalb von zehn Minuten seinen halben Tagesumsatz gemacht. Das war allerdings zu Zeiten, als sein Geschäft noch einigermaßen rentabel lief. Wirklich guten Umsatz hatte sein Antiquitätenladen nie gemacht, wie er sich nach drei Jahren eingestehen musste. Doch dass alles so den Bach hinuntergehen würde, hätte er nicht gedacht.

Durch die Holzlatten konnte er auch einen Blick in den Keller von nebenan werfen. Dieser gehörte zu der Wohnung über ihnen, die seit ein paar Wochen leer stand. Offensichtlich hatte der Hausbesitzer vor, diese zu renovieren, denn Alex sah einiges an Baumaterialien. Unendlich viele Eimer mit Wandfarbe, Verpackungen von Ikea und ein neues Waschbecken konnte er erkennen. Ganz hinten waren unzählige Pakete gestapelt, bei denen er nicht ausmachen konnte, worum es sich handelte. Der Vermieter schien Größeres mit der Wohnung vorzuhaben.

Nachdem er die Windeln, Konserven und haltbaren Lebensmittel in ihrem Kellerabteil abgestellt hatte, fiel sein Blick auf das Bier. Ob er sich eins genehmigen sollte?

Vermutlich würde Susanne dies nicht gutheißen. Seit Beginn ihrer Schwangerschaft war sie auf einem totalen

Gesundheitstrip. Nicht ohne Grund gönnte er sich seine Biere tagsüber, so ging er den kritischen Kommentaren seiner Frau aus dem Weg.

Innerhalb von einer Millisekunde hatte er eine Bierflasche mithilfe einer anderen geöffnet und den ersten Schluck genommen. Die Leute konnten sagen, was sie wollten, aber ihn beruhigte es einfach. Wie das kühle Bier langsam seine Kehle hinabfloss und in seinem Magen ein wohliges Gefühl auslöste, war herrlich.

„Was machst du denn da?“, hörte er in dem Augenblick eine Stimme hinter sich und fuhr erschrocken herum.

Hinter ihm stand Leon, der ihn schockiert anblickte.

„Ach, Leon“, Alex hörte selber, wie gezwungen gut gelaunt sich seine Stimme anhörte. In Wirklichkeit war er sehr aufgewühlt, da ihn sein Sohn bei seiner heimlichen Bierpause erwischt hatte. „Das Bier sah so gut aus, da musste ich mir gleich mal eins genehmigen“, log er, dass sich die Balken bogen, denn das lauwarme Gebräu schmeckte in Wirklichkeit grässlich. Es ging ihm lediglich um die Wirkung des Alkohols. Zumindest bildete er sich das ein.

„Papa“, begann Leon und seine Stimme klang traurig,

„ich habe dich heute Mittag am Neckar auf der Parkbank gesehen ...“

Vor Schreck verschlug es Alex fast die Sprache und die Lust auf sein gerade geöffnetes Bier. Wie Leon vor ihm stand und ihm dies mit hängenden Schultern mitteilte, tat er ihm wahnsinnig leid. Er hatte seinen Vater beobachtet, wie dieser wie ein Penner auf einer Bank ein Bier in sich hineinschüttete, anstatt zu arbeiten, um seine Familie zu versorgen.

„Lass uns hochgehen, dann erkläre ich dir alles“, meinte Alex und beschloss in dem Moment, zumindest seinem Sohn die Wahrheit zu sagen. Das musste er, denn wie es aussah, gab es einiges an Redebedarf.

9. RIYA

überlegte, wann ihr Vater sie das letzte Mal zu solch einem Gespräch unter vier Augen aufgefordert hatte. Sie vermutete, dass das vor gut zwei Jahren gewesen war, als sie mit der Note 6 in einem Diktat in Deutsch nach Hause gekommen war.

Im ersten Schuljahr, das sie an einer deutschen Schule verbrachte, hatte man ihr eine Art Galgenfrist gewährt. Im Fach Deutsch zählte im ersten Halbjahr nur ihre mündliche Beteiligung, im zweiten Halbjahr drückte die nette Deutschlehrerin beide Augen zu, um sie nicht zu demotivieren.

Doch dann, ab der siebten Klasse, zählten ihre Noten ganz regulär. In dem Schuljahr hatte sie auch eine neue Lehrerin bekommen, die der Ansicht war, ein Jahr reiche, um die Deutschkenntnisse aufzuholen. Doch weit gefehlt.

Obwohl Riya sich in allen anderen Fächern großartig schlug, bereitete ihr die deutsche Sprache große Schwierigkeiten.

Damals redete ihr Vater sehr geduldig und fürsorglich mit ihr. Sie merkte, dass er sich Sorgen machte. Zusammen überlegten sie, wie sie am besten ihre Lücken in der deutschen Sprache aufholen könnte, und entschieden sich für die Initiative „Schüler helfen Schülern“, die an ihrer Schule angeboten wurde. Bereits am nächsten Tag hatte Riya ein nettes Mädchen ausfindig gemacht, das zwei Jahre älter war als sie und ein absoluter Crack in dem Fach Deutsch war.

Mehrmals wöchentlich trafen sie sich und Lea half ihr bei den Hausaufgaben und der Vorbereitung für Arbeiten. Da Riya das ältere Mädchen wirklich mochte, fast ein wenig anhimmelte, machte sie schnell Fortschritte und auch heute noch half ihr Lea ab und an. Über die Zeit waren die beiden Freundinnen geworden.

Doch heute ging es um etwas Ernsteres, das spürte Riya sofort und konnte sich schon denken, was es war.

„Wie läuft es denn so in der Schule?“, begann ihr Vater das Gespräch oberflächlich.

„Eigentlich ganz gut. Ich habe heute eine 2 in

Geschichte zurückbekommen“, antwortete Riya, und hoffte inständig, dass es sich bei dem Gespräch nur um eine Art Smalltalk handeln würde. Dass sie in Deutsch letzte Woche eine 5 geschrieben hatte, verschwieg sie wohlwissend.

„Hast du eigentlich noch Kontakt zu deinen Freunden in der Heimat?“, führte ihr Vater die etwas stockende Unterhaltung fort.

„Ja, mit Dayita und Esha skype oder chatte ich oft, und gestern habe ich ganz lang mit Oma telefoniert.“

Die Antwort schien Amal zufriedenzustellen. Ihrer Familie war unglaublich wichtig, dass sie die Brücken zu ihrem Herkunftsland aufrechterhielten, aus dem einfachen Grund, weil sie irgendwann dorthin zurückkehren wollten.

„Das ist schön“, meinte Amal und schenkte sich einen Chai Tee ein, von dem er seiner Tochter ebenfalls etwas anbot. Dankend lehnte sie ab, da sie nicht schlafen konnte, wenn sie zu spät den starken Tee trank.

„Du weißt, warum uns wichtig ist, dass wir den Kontakt zu unserer Heimat halten, oder?“

„Ja, Papa, das ist mir klar, weil wir irgendwann dorthin zurückkehren und so tun, als wären wir nie in

Deutschland gewesen“, parierte Riya etwas sarkastisch.

„Riya, natürlich ist dies eine wichtige Zeit für unsere Familie, die uns alle prägen wird, aber von unserem Glauben und unserer Kultur sollten wir nicht abkommen“, sprach Amal wie ein Moralapostel.

„Das tun wir doch auch nicht, also ich zumindest!“, antwortete Riya etwas genervt. Ihr Vater tat ja so, als würde sie jeden Tag ein halbes Schwein verzehren und jede Woche einen anderen Freund mit nach Hause bringen.

„Gut“, gab sich ihr Vater geduldig, „ich wollte nur noch einmal sicherstellen, dass dir das bewusst ist, da deine Mutter meinte, du würdest mit der hiesigen Kultur zu vertraut werden.“

„Das ist Quatsch, was Mama behauptet“, meinte Riya gerade, als diese den Raum betrat.

„Was ist Quatsch?“, hakte diese sofort nach.

Im Grunde konnte Riya froh sein, dieses Gespräch mit ihrem Vater zu führen, da dieser ein wenig um den heißen Brei herumredete. Vermutlich war ihm nichts unangenehmer, als seine Tochter darauf anzusprechen, ob sie sich verliebt habe.

„Ist schon in Ordnung“, erwiderte Amal

beschwichtigend in Richtung seiner Frau, die sich zu ihnen setzte. „Wir haben alles besprochen“, sagte er, was Riya einen Stein vom Herzen fallen ließ. Da war sie noch ganz glimpflich davongekommen.

Als in dem Moment Charu das Wohnzimmer betrat, nutzte ihre Mutter die Gelegenheit und schlug vor: „Sollen wir nicht besprechen, wie die nächsten Tage ablaufen, jetzt, wo wir alle zusammen sind?“

„Das ist eine hervorragende Idee!“, pflichtete ihr Mann ihr bei.

Nicht zum ersten Mal fiel Riya auf, dass ihre Mutter in der Beziehung das Sagen hatte. Das war zwar nicht immer so, aber meistens.

„Also, wie stellt ihr euch die nächsten Tage vor?“, fragte sie an ihre Töchter gewandt.

„Ich stehe um 6 Uhr auf, mache euch allen Frühstück, putze die Wohnung und sitze dann um acht an meinem PC, um mit dem Homeschooling anzufangen“, erklärte Riya wieder etwas zynisch.

„Du bist heute ganz schön frech, Riya!“, kam es streng von ihrer Mutter.

„Wir haben es doch schon vorhin besprochen“, gab sie zurück und verdrehte die Augen.

„Ich würde mich freuen, wenn wir alle zusammen zeitig frühstücken, danach begebt ihr beide euch in eure Zimmer und fangt mit euren Schulsachen an, Papa ist im Schlafzimmer und soll dort nicht gestört werden, und ich halte mich in der Küche oder im Wohnzimmer auf."

„Heißt das, wir dürfen noch nicht mal in der Wohnung rumlaufen, auch nicht, wenn wir aufs Klo müssen?", wollte Charu entsetzt wissen.

„Doch, mein Liebes. Im Grunde möchte ich nur, dass ihr nicht bis in die Puppen schlaft und Papa stört." Hierauf nickten die beiden Schwestern zustimmend. Das war eine einfache Regel.

„Was würden wir wohl bei so einer Quarantäne in Indien machen?", fragte Charu in die Runde.

Kurz überlegten alle, ob etwas anders wäre.

„Vermutlich würden wir für alle im Haus kochen", meinte Priya, nachdem sie darüber nachgedacht hatte.

„Warum machen wir das nicht?", rief Charu begeistert.

„Stimmt. Das wäre doch mal eine nette Idee", pflichtete Riya ihr bei.

„Genug eingekauft habt ihr ja", sagte Amal, der den Vorschlag auch gutzuheißen schien.

„Wisst ihr was? Das machen wir!", entschied Priya,

„und wenn niemand mag, was wir kochen, frieren wir es ein."

„Dein Curry mag doch jeder!", behauptete Amal.

„Mädchen, dann fertigt ihr doch jetzt zusammen ein Schild für die anderen Hausbewohner an, damit sie Bescheid wissen, und dann können sie sich morgen um 19 Uhr das Essen bei uns abholen, wenn sie wollen."

„Wären nicht kleine Zettel besser, die wir unter der Tür durchschieben können, falls jemand seine Wohnung gar nicht verlässt?", gab Riya zu bedenken.

„Da hast du recht. Am besten ihr verteilt die Zettel noch heute Abend."

Sofort begaben sich die beiden Mädchen geschäftig in Charus Zimmer, die mehr Papier und bunte Stifte hatte, als der Zeitschriftenladen eine Straße weiter.

Je mehr Riya darüber nachdachte, umso aufregender fand sie es. Natürlich drehte sich von nun an alles nur um den einen Gedanken: Würde Leon vorbeikommen, um sich etwas zu essen abzuholen?

Diese Vorstellung ließ sie kaum einschlafen.

10. SARAH

stand immer noch mit Emily und ihrem Vater vor der verschlossenen Wohnungstür und blickte diese an. Die drei waren völlig verdattert über den plötzlichen Besuch von Liese Schröder.

„Jetzt war der Hausdrache ja mal ganz nett", brach Opa Fred schließlich das Schweigen.

„Das stimmt", pflichtete Sarah ihm bei, die immer noch nicht glauben konnte, dass gerade Liese Schröder ein Geschenk vorbeigebracht hatte.

„Wollen wir eine Runde Schach spielen?", fragte Emily an ihren Opa gewandt, der sofort zustimmte.

„Nichts lieber als das!", meinte dieser und lief überraschend behände ins Wohnzimmer. „Ich bringe dir schon mal die Grundregeln bei", frohlockte er und seine Augen funkelten vor lauter Vorfreude.

Sarah wurde ganz warm ums Herz, während sie

beobachtete, wie es sich die beiden am Wohnzimmertisch gemütlich machten und das Schachspiel auf dem Tisch aufbauten.

Was für eine gute Idee von Frau Schröder, musste sie insgeheim zugeben. Sarah war klar, dass Emily einen Stein ins Rollen gebracht hatte. Mit ihrer Idee, der alten Frau Essen vorbeizubringen, hatte sie zum ersten Mal so etwas wie Nachbarschaftshilfe in dem Wohnhaus vermittelt. Manchmal benötigte es nur solch eine kleine Geste, um Berge zu versetzen.

Richtig wohlig fühlte sich Sarah bei diesen Gedanken und begab sich in die Küche, um aufzuräumen. Sogar dies machte ihr in ihrem momentanen Gemütszustand Spaß.

Als in dem Augenblick ihr Mobiltelefon klingelte und sie die Nummer ihres Vermieters auf dem Display erblickte, kam ihr sofort der Gedanke, ob sie vielleicht die Miete nicht gezahlt hatte.

Nein, das konnte nicht sein.

Diese wurde immer pünktlich monatlich von ihrem Konto abgebucht.

Was er wohl von ihr wollte? Er rief sie äußerst selten an.

„Guten Abend, Herr Schirmer“, begrüßte sie ihn freundlich. Etwas übertrieben herzlich, wie sie sogleich fand. „Was verschafft mir die Ehre Ihres Anrufs?“, setzte sie noch einen drauf.

„Frau Becker, das freut mich aber, Sie so gut gelaunt zu hören“, begann er und räumte gleich alle Bedenken beiseite, dass er unangenehme Nachrichten habe. Überhaupt war Herr Schirmer ein überaus freundlicher Vermieter. „Geht es Ihnen denn gut?“, wollte er als Nächstes wissen, „ich habe gerade erfahren, dass das ganze Wohnhaus unter Quarantäne steht.“

Deswegen ruft er an. Wie nett von ihm! „Uns geht es bestens. Danke der Nachfrage. Natürlich wissen wir das erst mit Sicherheit, wenn wir alle einen Coronatest gemacht haben, aber bisher zeigt keiner von uns irgendwelche Anzeichen. Auch habe ich bei der Arbeit im Krankenhaus schon öfter einen Test machen müssen, der stets negativ ausfiel. Aber man weiß ja nie ...“

„Da haben Sie recht. Meinen Schwager hat es erwischt und er liegt seit zwei Wochen im Krankenhaus. Passen Sie bloß auf sich auf.“

„Das machen wir“, meinte Sarah.

„Kann ich Ihnen irgendwie helfen. Sind Sie mit Lebensmitteln versorgt?“, wollte er dann noch wissen. Sarah fand es richtig rührend, dass er sich solche Sorgen um sie machte.

„Nein, vielen Dank, Herr Schirmer, aber wir sind gut versorgt. Ich habe heute noch einen großen Einkauf gemacht, mit dem wir das ganze Haus versorgen könnten. Tatsächlich hat Emily vorhin Frau Schröder etwas zu essen runtergebracht.“

„Das ist außerordentlich nett von Ihnen. Ich habe eben versucht, die Dame im Erdgeschoss zu erreichen, aber sie geht nicht ans Telefon.“

„Da war sie vermutlich gerade hier oben bei uns, um ein kleines Dankeschön abzugeben. Sie hat Emily ein Schachspiel geschenkt, was ich eine ganz ausgezeichnete Idee finde. Sie spielt bereits mit ihrem Opa.“

„Das freut mich“, sagte ihr Vermieter, „ich wusste gar nicht, dass Sie so eine nette Hausgemeinschaft haben.“

„Wir auch nicht“, antwortete Sarah lachend, „zumindest bis vor fünf Minuten nicht. Davor hatten wir ehrlich gesagt mit Frau Schröder noch nie Kontakt. Sie ist ja eher zurückhaltend und lässt sich kaum blicken“, versuchte Sarah, sich geschickt auszudrücken.

„Ich weiß, was Sie meinen", natürlich kannte Herr Schirmer seine Mieter und wusste genau, wie Liese Schröder tickte, und dass sie nicht gerade eine sympathische ältere Frau war, auf die man gerne zuging.

Herr Schirmer hatte das Herz am richtigen Platz, das stand fest. Vermutlich war es dieser Gedanke, der Sarah etwas fragen ließ, was ihr schon länger durch den Kopf ging. Nun, da sie den netten Hausbesitzer an der Strippe hatte, wäre es ein guter Anlass.

„Herr Schirmer, was ich Sie seit Längerem mal fragen wollte ..."

„Nur zu."

„Die Wohnung unter uns steht ja seit geraumer Zeit leer und da ich auf der Suche nach einer größeren Wohnung bin, wollte ich Sie fragen, was sie kostet und ob wir diese mieten könnten."

„Ist Ihnen die Dachwohnung mittlerweile zu klein?", hakte er nach.

„Ja, obwohl es uns hier oben sehr gut gefällt, wird es langsam ein bisschen eng. Wegen der momentanen Situation in den Altersheimen habe ich meinen Vater zu uns genommen, der nun in Emilys Zimmer schläft."

„Ach, ich wusste gar nicht, dass Ihr Vater nun auch bei Ihnen wohnt“, bemerkte Herr Schirmer verwundert.

Kurz überlegte Sarah, ob es ein Fehler gewesen war, ihm dies zu sagen. Stand etwas in dem Mietvertrag, dass nur zwei Personen in der Wohnung leben durften?

„Das finde ich bemerkenswert, dass Sie sich um Ihren Vater kümmern. So etwas gibt es heutzutage ja kaum noch, meist werden die älteren Menschen einfach abgeschoben“, zerstreute ihr Vermieter ihre Bedenken sofort.

Sarah versuchte zu schätzen, wie alt ihr Vermieter wohl war. Die Siebzig hatte er auf jeden Fall überschritten. Wie es sich anhörte, schien er aus Erfahrung zu sprechen.

„Ich habe meine Frau auch zu Hause gepflegt“, bestätigte er Sarahs Gedanken.

„Wie groß ist denn die Wohnung?“, mittlerweile klopfte Sarahs Herz vor Aufregung. Sie liebäugelte schon so lange mit der unteren Wohnung. Insgeheim fragte sie sich, warum sie nicht bereits früher gefragt hatte. Allerdings kam sie mit ihrem Gehalt und der jetzigen Miete gerade so hin, was sie ihm natürlich nicht auf die Nase binden würde.

Wenn man hingegen bedachte, was ihr Vater für Unkosten für das Pflegeheim ausgegeben hatte, und wenn er nur einen Bruchteil davon zur Miete dazu geben würde, sollte es allemal reichen.

„Ich glaube, die Wohnung wäre perfekt für Sie, Ihre Tochter und Ihren Vater“, schürte Herr Schirmer ihre Hoffnung.

„Die Wohnung hat vier Zimmer, drei Schlafzimmer, ein Wohnzimmer, eine geräumige Küche und Badezimmer. Dazu ist der Balkon um einiges größer, wie Sie sicherlich wissen. Die Wohnung ist mit knapp hundert Quadratmetern fast fünfunddreißig Quadratmetern größer als Ihre jetzige.“

Sarah hielt die Luft an. Das hörte sich alles wahrlich perfekt an.

„Sie kostet natürlich auch mehr. Die Kaltmiete beträgt 900 Euro.“

Das sind zweihundertfünfzig Euro mehr, überlegte sie und überschlug im Kopf ihre Kosten. Natürlich würden die Nebenkosten einer größeren Wohnung ebenfalls teurer.

„Das Problem ist allerdings …“, begann ihr Vermieter hierauf und ließ alle ihre Überlegungen, ob sie sich die Wohnung leisten konnte oder nicht, sofort platzen.

Natürlich gibt es ein Problem, dachte sie resigniert und ließ sich auf einen Stuhl in der Küche sinken. Sarah war sich sicher, dass sie sich unnötig Hoffnungen gemacht hatte.

„Ich höre“, gab sie von sich und konnte einen Seufzer nicht unterdrücken.

„Ich kann Ihnen aber die Wohnung derzeit nicht vermieten“, gab Herr Schirmer knapp und resolut von sich, was Sarahs Herz sinken ließ.

Warum denn nicht?, hätte sie am liebsten gebrüllt, doch wartete sie erst einmal ab, welche Erklärungen es hierfür gab.

„Nachdem der letzte Vermieter ausgezogen ist, hatte ich angefangen, die Wohnung zu renovieren, bin aber seit mehreren Wochen nicht mehr dazugekommen, weiterzumachen. Es gab Unstimmigkeiten mit den Handwerkern und durch die Situation mit Corona habe ich mich noch nicht darum bemüht, dies wieder in Angriff zu nehmen.“

Das hörte sich ja gar nicht so schlimm an. Zumindest hieß es, dass er ihr generell die Wohnung vermieten würde.

„Aber das heißt doch nicht, dass Sie mir die Wohnung nicht vermieten können, oder?“, hakte Sarah nach, die es nun genau wissen wollte.

„Nein, das heißt es natürlich nicht. Gerne können Sie in die Wohnung einziehen, wenn diese fertig renoviert ist. Nur wird das eben noch eine Weile dauern ...“

„Und wenn wir die Wohnung renovieren?“, platzte Sarah heraus.

Hierauf lachte Herr Schirmer. Er schien sie nicht ernst zu nehmen, doch Sarah hatte dies nicht im Spaß gesagt. Sie hatte schon oft Apartments gestrichen und sogar einmal einen Teppich verlegt. Das war allerdings Jahre her.

„Ich glaube, Sie wissen nicht, wie viel Arbeit das ist. Im Keller stehen die ganzen Utensilien. Dazu gehört ein neuer Parkettboden, die Wände müssen teilweise verputzt werden, die sanitären Anlagen im Bad erneuert und auch die Küche muss komplett restauriert werden. In der Wohnung wurde seit den siebziger Jahren nichts mehr gemacht.“

Okay, das hörte sich heftig an, aber nicht unmöglich.

„Können wir denn nicht zumindest schon einmal

anfangen?"

„Ich möchte Ihnen keine falschen Hoffnungen machen, aber ich glaube, das ist vergebene Mühe. Dann lasse ich es lieber in ein paar Monaten von einem Profi machen. Das kann ich dann auch von der Steuer absetzen."

Natürlich sah ihr Vermieter die Renovierung der Wohnung unter ganz anderen Aspekten, als sie möglichst schnell an Familie Becker zu vermieten.

Im Grunde konnte sie sich auch gedulden, wenn er ihr zusichern würde, dass sie als Mieterin an erster Stelle stünde. Hatte er das indirekt gerade gesagt?

„Aber wissen Sie was?", meinte Herr Schirmer dann, „ich frage mal Ihren Nachbarn Herrn Bierbaum, was er dazu meint. Immerhin ist er Experte auf dem Gebiet."

„Herr Bierbaum mit dem Antiquitätenladen?", Sarah verstand den Zusammenhang nicht ganz.

„Ja, genau der. Bevor er den Laden eröffnete, war er leitender Angestellter in einem Handwerksbetrieb. Nach dem zu urteilen, was ich von ihm gehört habe, ist er ein echter Profi auf dem Gebiet."

Sarah grübelte, warum er wohl mit diesem Job aufgehört hatte, wenn er so gut darin war, wie Herr

Schirmer behauptete. Sie musste zugeben, dass sie nicht viel über ihren Nachbarn wusste. Gerade neulich hatte sie ihn im Treppenhaus gesehen und gegrüßt.

Noch nicht einmal Smalltalk hatten sie gemacht. Beim Vorbeigehen war ihr nur aufgefallen, dass er ziemlich nach Bier roch, und hatte gedacht, dass sein Nachname sehr passend war.

„Ich kann Sie gerne informieren, wenn ich mit ihm gesprochen habe und Näheres weiß", schlug Herr Schirmer vor, da Sarah am anderen Ende schwieg. Mit einem Mal schien er in Eile zu sein und das Gespräch beenden zu wollen.

„Ja bitte, machen Sie das."

„Und Sie melden sich, wenn Sie in der momentanen Situation Hilfe brauchen. Abgemacht?"

„Abgemacht."

Nachdem Sarah aufgelegt hatte, starrte sie noch eine Weile auf ihr Mobiltelefon und beschloss, dass der überraschende Anruf von ihrem Vermieter ein gutes Zeichen war. Endlich hatte sie sich getraut, ihn zu fragen. Vielleicht war die Idee mit Herrn Bierbaum die Lösung, doch innerhalb absehbarer Zeit in die Wohnung einzuziehen.

Erneut fiel ihr auf, dass sie über die Mitbewohner in ihrem Haus herzlich wenig wusste. Familie Bierbaum lebte so nah bei ihnen und sie wusste kaum etwas über sie. Nur durch Zufall hatte sie gesehen, dass Herr Bierbaum einen kleinen Antiquitätenladen hatte. Dass die Familie seit etwa einem halben Jahr Zuwachs bekommen hatte, konnte man nicht überhören.

Schade eigentlich, dachte sie gerade, als sie gedämpfte Stimmen vor ihrer Wohnungstür vernahm. Überrascht lauschte sie, konnte jedoch nichts von dem Gesagten verstehen.

Kurz darauf beobachtete sie, wie ein Zettel unter ihrer Wohnungstür durchgeschoben wurde.

11. LEON

war es mehr als unangenehm, seinen Vater in diese missliche Situation gebracht zu haben. Sofort hatte er ihm angesehen, wie peinlich ihm dies war.

Von ihm aus konnten sie sich das Gespräch ruhig sparen, aber sein Vater schien sich erklären zu wollen.

Als sie wieder in ihre Wohnung kamen, schliefen seine Mutter und sein kleiner Bruder immer noch, was die beiden Männer nutzten, in Leons Zimmer zu gehen, um zu reden.

„Also, Leon, die Situation ist folgende ...“, begann sein Vater.

„Papa, du musst mir das nicht erklären. Es ist schon gut.“ Leon wollte gar nicht hören, was sein Vater zu sagen hatte. Lieber hätte er einfach weiter Gitarre gespielt oder Musik gehört und das Ganze vergessen.

„Nein! Gar nichts ist gut!“, rief sein Vater aufgebracht.

Offensichtlich wollte er darüber sprechen. Als hätte er nur darauf gewartet, begann er, sich den Ballast von der Seele zu reden.

„Du kannst mir glauben, dass ich nicht stolz darauf bin, was ich gerade mache. Irgendwie hat sich alles so zugespitzt und ich wollte deine Mutter nicht anlügen."

Leon saß auf dem Bett, hatte die Hände in seinem Schoß gefaltet und blickte auf den Boden. Er wollte seinen Vater nicht aus dem Konzept bringen und hatte beschlossen, ihm lediglich zuzuhören. Wobei ihm gar nicht gefiel, was er da von seinem Vater, der ihm immer ein großes Vorbild gewesen war, hörte. Bald war er sich sicher, dass es richtig war, dass seine Mutter all dies nicht wusste.

„Dass ich den Laden zumachen musste, weißt du ja. Wie schlecht das Onlinegeschäft mit den Möbeln lief, hast du vermutlich auch mitbekommen. Ja, und was soll ich sagen? Irgendwie bin ich in diese Lügengeschichte hineingeraten, es war gar nicht beabsichtigt ..."

„Was hast du Mama denn erzählt?", wollte Leon nun doch wissen.

„Ich habe ihr erzählt, dass ich einen Job bei meinem Kumpel Matze habe und mit ihm eine Wohnung renoviere."

Kurz herrschte Schweigen zwischen den beiden.

„So abwegig ist das gar nicht. Früher haben Matze und ich ja auch zusammengearbeitet", versuchte sich Alex zu rechtfertigen, fügte dann allerdings hinzu: „Aber ich will mich gar nicht rausreden. Egal, ob meine Notlüge theoretisch hätte die Wahrheit sein können – ich habe euch alle angelogen. Und das tut mir sehr leid."

„Und was machst du jetzt den ganzen Tag?", kam Leon auf das eigentliche Problem zu sprechen. „Ja, das ist es eben. Ich kann es nicht schönreden, aber meistens lungere ich nur in der Stadt herum und warte, bis es Zeit ist, wieder nach Hause gehen zu können, nach meinem angeblichen Arbeitstag. In den letzten paar Wochen habe ich mir auch noch die dumme Angewohnheit zugelegt, mittags ein paar Bierchen zu trinken."

So, wie er es sagte, hörte es sich gar nicht so gravierend an. Doch das war es. Das wusste er.

„Es tut mir leid, dass du mich am Neckar gesehen hast", murmelte er dann und vergrub sein Gesicht in den Händen.

„So schlimm war das doch gar nicht, Papa", versuchte Leon, ihn zu beruhigen, obwohl er beim Anblick seines

Vaters auf der Parkbank etwas ganz anderes gedacht hatte.

„Doch, das ist es!“ Alex ging hart mit sich selbst ins Gericht.

„Mein letztes Geld habe ich auch noch bei Onlinespielen verzockt“, gestand er seinem Sohn und war nun wirklich den Tränen nahe.

„Das wird alles wieder, Papa“, versuchte Leon, ihn zu beruhigen, und fasste ihm an die Schulter. Zugegeben war er etwas überfordert mit der Situation.

„Da bin ich mir nicht sicher, mein Junge“, flüsterte Alex gerade, als sein Handy klingelte. Überrascht sah er die Nummer ihres Vermieters auf dem Display.

„Was will der denn?“, fragte er an Leon gewandt, der nur mit den Schultern zuckte.

Bei dem ganzen Pech, das er in letzter Zeit gehabt hatte, erwartete er nichts Gutes von diesem Anruf. Kurz räusperte er sich und meldete sich dann betont wohlgelaunt. Er war selbst überrascht, wie gut ihm dies gelang.

„Guten Abend, Herr Schirmer. Was kann ich für Sie tun?“

„Herr Bierbaum, gerade ist mir aufgefallen, wie spät es bereits ist. Ich hoffe, ich habe Sie nicht gestört ..."

„Nein, keinesfalls. Wir waren eben noch einkaufen, damit wir in der Quarantäne versorgt sind. Haben Sie davon gehört?"

„Ja natürlich. Deswegen rufe ich ja an", erwiderte er und Alex entspannte sich ein wenig, da Herr Schirmer wohl keine Hiobsbotschaft zu vermelden hatte.

„Haben Sie ein paar Minuten Zeit? Ich wollte Sie etwas fragen?"

„Aber natürlich. Nur zu", antwortete Alex munter.

Insgeheim war Leon heilfroh über diese Ablenkung. Das Gespräch mit seinem Vater oder eher dessen Monolog war ihm äußerst unangenehm gewesen, und das, was er zu hören bekommen hatte, gefiel ihm gar nicht. Wie konnte sein Vater innerhalb kürzester Zeit so abdriften?

Gerade war er aufgestanden, um seinen Vater in Ruhe mit dem Vermieter telefonieren zu lassen, als er bemerkte, dass sich vor ihrer Wohnungstür etwas tat. Nur Sekunden später sah er, dass ein Zettel unter ihrer Haustüre durchgeschoben wurde.

Neugierig griff er danach und blickte durch den Spion.

Fast wäre er vor Schreck zurückgewichen, da direkt davor das indische Mädchen vom Stockwerk unter ihnen stand. Sie musste etwa in seinem Alter sein, ihren Namen kannte er allerdings nicht. Sie hatte ihr Gesicht ihm zugewandt, schien sich aber mit einer anderen Person zu unterhalten, die er nicht erkennen konnte.

Wie hübsch sie ist, dachte er, während er sie beobachtete.

Ohne lange darüber nachzudenken und auf den Zettel geblickt zu haben, öffnete er die Tür.

12. SUSANNE

Bierbaum stand in der Küche und das Herz klopfte ihr bis zum Hals.

Warum hatte sie nur aufwachen und aufstehen müssen, um mitanzuhören, was ihr Mann ihrem Sohn zu sagen hatte. Sie konnte nicht glauben, was ihr gerade zu Ohren gekommen war.

Wenn es wirklich stimmte, was Alex gesagt hatte, war es eine absolute Katastrophe. Nicht nur hatte er sie angelogen, er hatte auch keinen Job mehr, um sie über diese Krise zu bringen.

Alles, was er hatte, war ein geschlossener Laden, die neue Angewohnheit, sich schon mittags zu betrinken, und offensichtlich kein Geld mehr auf dem Konto. Das letzte Geld hatte er verzockt, wie er eben Leon gestanden hatte. Sie konnte es nicht fassen. Das war nicht der Mann, in den sie sich vor fast zwanzig Jahren verliebt hatte.

Völlig verzweifelt tigerte sie in der Küche auf und ab, blickte in den Kühlschrank und nahm sich das letzte Bier. Wenn jemand einen Drink verdient hatte, war sie das!

Sofern sie darüber nachdachte, war ihr schon seit einigen Wochen aufgefallen, dass Alex sich verändert hatte. Sie hatte es auf den stressigen Job auf der Baustelle geschoben, wie lächerlich im Nachhinein betrachtet.

Natürlich hatte sie gemerkt, dass ihr Mann abgespannt und nicht mehr so lebensfroh war wie früher. Auch der Biergeruch war ihr öfters aufgefallen, obwohl er diesen mit einem Kaugummi zu übertünchen versuchte. Sie hatte gedacht, dass man auf der Baustelle halt gerne zum Feierabend ein Bierchen zischte. Das kannte sie von ihm noch von früher.

Damals hatte Alexander allerdings immer seine Grenzen gekannt. Dass er nun mutterseelenallein Bier in sich hineinschüttete und sein letztes Geld verspielte, war mehr als bedenklich.

Doch wie sollte sie nun reagieren? Konnte sie ihm sagen, dass sie alles mitgehört hatte?

Und was um Himmels willen wollte ihr Vermieter von Alex? Hatte er vielleicht schon nicht mehr die Miete zahlen können? Saßen sie bald auf der Straße?

Ein komisches Gefühl machte sich in ihrer Magengegend breit, kurz darauf war ihr speiübel. Aufregung oder Sorgen hatten ihr schon immer auf den Magen geschlagen.

Genau das war der Grund, warum sie sich nicht von einem Mann hatte abhängig machen wollen. Das hatte ihr bereits ihre Mutter immer gepredigt. Stets hatte Susanne selbst gearbeitet und ihr eigenes Geld verdient ... bis ihr die Schwangerschaft und diese elende Pandemie einen Strich durch die Rechnung gemacht hatten. Ob sie jemals wieder in ihren alten Beruf zurückkehren konnte, wusste sie nicht. Momentan sah es alles andere als danach aus.

Nun waren sie also beide ihren Job los, mussten aber weiterhin die Miete und alle Nebenkosten zahlen und zwei Kinder ernähren.

Wenn sie an die lange Liste der Kosten dachte, die zwangsläufig jeden Monat auf sie zukamen, wurde ihr ganz anders.

Automatisch sah sie Zahlen vor ihrem geistigen Auge, die ihre Verzweiflung noch vergrößerten. Die Miete, die private Krankenversicherung für vier Personen, der geleaste, nagelneue Wagen, all die Extrabehandlungen für Louis, der Gitarrenunterricht und die Privatschule von

Leon, waren nur einige Kostenpunkte, die ihr sofort einfielen. Wie sollten sie all das zahlen? Wie sollte das funktionieren?

Nur bei dem Gedanken daran hätte Susanne schreien können.

Rücklagen hatte sie kaum welche. Sie hatten stets gut gelebt, das verdiente Geld schnell ausgegeben, sich schöne Sachen geleistet, tolle Urlaube gemacht. Gerade ihre letzte Reise auf die Seychellen hatte sie ein halbes Vermögen gekostet. Auf all dies mussten sie wohl in Zukunft verzichten. So wie es aussah, konnten sie sich diesen Lebensstandard wohl kaum länger leisten.

Die Vorstellung, in eine winzige Wohnung umziehen zu müssen, versetzte sie erneut in Panik. Inständig hoffte sie, dass Alex weiterhin die Miete gezahlt hatte.

Vielleicht lag es auch daran, dass ihre Hormone in letzter Zeit völlig verrücktspielten, aber Susanne hatte das Gefühl, keine Luft zu bekommen. Schnell machte sie eine der Atemübungen, die sie stets beruhigte, und beschloss, noch einmal zu lauschen, worum es bei dem Gespräch zwischen Alex und Herrn Schirmer ging.

Als Susanne in den Flur trat, sah sie, dass Leon an der Wohnungstür stand und mit den beiden indischen

Mädchen aus dem Haus redete. Immerhin zauberte dies ein Lächeln auf ihr Gesicht.

Nun konnte sie sich natürlich nicht an die Zimmertür von Leon heranschleichen, um das Gespräch von Alex und Herrn Schirmer mitzuhören, das würde ja so aussehen, als wolle sie Leon und die Mädchen belauschen.

Schweren Herzens begab sie sich ins Wohnzimmer und beschloss, dass es Zeit war, ihren Kleinen zu wecken. Mittlerweile hatte er über zwei Stunden geschlafen und wenn sie nicht die ganze Nacht wach bleiben wollte, sollte sie ihn nun aufwecken. Andererseits könnte sie Glück haben, dass Louis noch ein paar Stunden durchschlief und sie dann mit ihm gemeinsam in den frühen Morgenstunden aufstehen konnte, vermutlich gegen 3 oder 4 Uhr.

Die Vorstellung, dass Alex sie den ganzen Tag hier alleine ließ, obwohl er gar nichts zu tun hatte, machte sie wütend. Sehr wütend sogar!

Doch sie musste bedacht handeln und sich gut überlegen, was sie mit ihrem neuen Wissen anstellen wollte. Der Gedanke, dass er sie mit seiner Lügengeschichte eigentlich hatte schützen wollen, milderte ihren Zorn kaum. Ehrlich gesagt kam sie sich ziemlich verarscht vor.

Obwohl Louis natürlich nichts dafür konnte, dass er so viel schreien musste, war sie mit der Situation oft überfordert. Vermutlich war sie einfach zu alt für so etwas. Die Vorstellung, dass dies noch fast ein Jahr so weitergehen konnte, wie die Kinderärztin ihr schonend beigebracht hatte, trieb sie fast in den Wahnsinn.

Susanne beschloss, sich mit Louis wieder hinzulegen. Vorsichtig nahm sie den Babysitz, in dem er meist besser schlief als in seinem Bettchen, und stellte ihn neben das Doppelbett im Schlafzimmer. Dann würde Alex vermutlich das Sofa im Wohnzimmer wählen und sie musste ihm heute Nacht nicht mehr begegnen. Überhaupt wusste sie nicht, wie sie ihm das nächste Mal gegenübertreten sollte. Sie war eine äußerst miserable Lügnerin und eine noch schlechtere Schauspielerin.

Was sollte sie machen, wenn er ihr das nächste Mal vorgaukeln würde, zu Matze auf die Baustelle zu gehen?

Vermutlich würde ihr dann gehörig der Kragen platzen.

13. LIESE

Schröder fand in dieser Nacht kaum Schlaf. Sie konnte sich auch nicht erklären, warum. Vermutlich waren die Ereignisse an dem heutigen Tag zu aufwühlend gewesen.

Obwohl sie es sich nicht eingestehen wollte, war ihr durch den Besuch der kleinen Emily und der Einladung ihrer Mutter erst klar geworden, wie einsam sie eigentlich war.

Wann hatte sie das letzte Mal Besuch gehabt und wann hatte sie das letzte Mal jemanden besucht?

Seitdem ihre gute Freundin gestorben war, hatte sie tatsächlich keinen Menschen mehr, mit dem sie sich treffen konnte. Auch hatte sie niemanden, den sie einfach mal hätte anrufen können.

Ihren Sohn getraute sie sich nicht anzurufen. Schließlich war es offensichtlich, dass er nichts mehr mit ihr zu tun haben wollte, wenn er sie noch nicht einmal an ihrem Geburtstag anrief, um ihr zu gratulieren. Deutlicher konnte man dies wohl kaum zeigen.

Natürlich hatte sie sich daraufhin versichert, dass es ihm gut ging. Zu groß war die Sorge, dass ihm etwas passiert sein könnte.

Das war allerdings ihr letztes, trauriges Telefonat gewesen, da sie sich einfach nichts mehr zu sagen gehabt hatten. Liese hätte zwar einiges zu erzählen gehabt, aber Andreas hatte sich völlig verschlossen, nur kurz mit Ja und Nein geantwortet und das Gespräch möglichst schnell beendet.

Es war eine äußerst schmerzliche Erkenntnis, wie einsam sie tatsächlich war. Wie ihr nun klar wurde, hatte sie dies all die Jahre verdrängt, wodurch die Traurigkeit darüber umso mehr hervorkam, sie geradezu überrollte.

Doch was war über die Jahre nur geschehen?

Sie konnte es sich selber nicht erklären. Offensichtlich hatten sich schleichend alle Menschen um sie herum zurückgezogen.

Je länger Liese wach lag und darüber nachgrübelte, umso mehr bekam sie einen Verdacht, woran es liegen könnte, dass Andreas sie aus seinem Leben verbannt hatte. Es musste an seiner langjährigen Freundin, mittlerweile Ehefrau, liegen. Zugegeben, hatte Liese seine Frau Diana nie besonders gut leiden können, war sich aber sicher, dass sie ihr dies nie gezeigt hatte. Auch Andreas gegenüber hat sie es nie erwähnt.

Stets hatte sie sich bemüht, freundlich zu sein, später war sie ihr schlichtweg aus dem Weg gegangen.

„Du beachtest Diana ja noch nicht einmal. Zeigst ihr immer die kalte Schulter. Meinst du, sie fühlt sich wohl, wenn sie hier ist?“, hatte Andreas ihr mal bei einem Streit vorgeworfen.

„Ich möchte doch nur, dass ihr eure Ruhe habt“, hatte sie gesäuselt und selbst gewusst, dass dies gelogen war.

Nach diesem Gespräch hatte sie in sich hineingehorcht und zugeben müssen, dass ihr die junge Frau einfach nicht sympathisch war. Seitdem Andreas mit ihr zusammen war, setzte sie ihm solche Flausen in den Kopf. Er hatte sich von einem wohlerzogenen und vor allem stets gut gekleideten jungen Mann in einen richtigen Öko verwandelt. Anstatt eines adretten Hemdes und Krawatte, trug er nun selbst gestrickte Pullover, die grauenhaft aussahen. Noch schlimmer waren die handgemachten Socken dazu.

Darüber hinaus hatte er sich seine ehemals stets gut

frisierten Haare lang wachsen lassen und trug diese oft in einem Zopf zusammengebunden. So etwas machten doch nur Mädchen!

Natürlich musste sie ihm dies auch sagen, und nicht nur einmal, sondern immer wieder, wenn er diesen dämlichen Zopf trug. Bis Andreas auszog, hörte er sich diesen Vorwurf oft an.

Mittlerweile hatte er den lächerlichen Pferdeschwanz nicht mehr, was allerdings nur daran lag, dass ihm, wie seinem Vater, sehr früh die Haare ausgegangen waren.

Gut, sie musste zugeben, dass sie es mit der Nörgelei um die hässlichen langen Haare vielleicht ein bisschen übertrieben hatte. Meist erwähnte sie dies auch, wenn Diana dabei war. Die sollte es schließlich auch hören, denn sie war ja schuld an seiner Verwandlung.

Bis zu seinem Auszug mit 22 Jahren hatte er noch ein hohes Tier in der Finanzwelt werden wollen. Eine Vorstellung, die Liese ganz entzückend fand und jedem erzählt hatte, ob er es hören wollte oder nicht.

Nachdem er mit Diana zusammengezogen war, hatten sich plötzlich seine Zukunftspläne drastisch geändert. Andreas hatte seine Ausbildung zum Finanzkaufmann abgebrochen und studierte stattdessen Garten- und Landschaftsbau.

Wie konnte so eine Meinungsänderung von 180 Grad geschehen? Sicherlich nur durch den Einfluss der Frau an seiner Seite. Diana studierte nämlich genau dasselbe.

Natürlich konnte sich Liese nicht zurückhalten, ihm auch das ständig aufs Brot zu schmieren, wenn sie ihn sah. Bereits damals wurden die Zusammentreffen weniger.

Liese erinnerte sich, dass sie einmal bei einem Familienfest kurz nach der Hochzeit der beiden wieder dieses Thema anschnitt. Sie konnte gar nicht mehr sagen, was für ein Feiertag oder Geburtstag es war, aber sogar Dianas Eltern waren an diesem Tag anwesend. Liese sah es noch genau vor sich, wie sie an der feierlich gedeckten Tafel im Wohnzimmer saßen. Sie hatte extra für ihren Jungen seinen Lieblingskuchen gebacken: eine Schwarzwälder Kirschtorte.

„Also Andreas, dass du jetzt Gärtner, statt Bankkaufmann werden willst, verstehe ich wirklich nicht. Willst du denn wahrhaftig lieber in Gärten rumbuddeln, anstatt Geldscheine zu zählen?“, fragte sie ihn vor versammelter Runde, während sie Kaffee nachschenkte.

Ihr Blick galt allerdings nicht Andreas, sondern Diana. Im Grunde hätte sie auch ihr die Frage stellen können.

„Mir reicht es jetzt!“, war Diana daraufhin aus der Haut gefahren.

Liese war richtig erschrocken über diesen Gemütsausbruch, da Andreas' Freundin sonst immer eher ruhig und zurückhaltend war.

„Ich habe keine Lust, mir das jetzt den ganzen Tag wieder anzuhören. Ich gehe ...“ Hierauf war Diana aufgestanden, hatte ihre Sachen genommen und das Haus verlassen.

Andreas hatte sich noch schnell das Stück Schwarzwälder Kirschtorte in den Mund gestopft und war dann Diana hinterhergeeilt.

Somit saß Liese Schröder alleine mit Dianas Eltern am Tisch, die zu höflich waren, ebenfalls die Wohnung zu verlassen. Man hatte sich um eine äußerst oberflächliche Unterhaltung bemüht, bis die Gäste sich nach einer Weile fluchtartig verabschiedeten. Wenn sich Liese recht erinnerte, war es das letzte Mal, dass sie Dianas Eltern sah.

Der ganze Nachmittag war ein einziger Reinfall, aber damals hatte sie die Schuld daran ganz und gar nicht bei sich selbst gesehen. Bis heute hatte sie das nicht.

In dieser Nacht fiel es ihr jedoch wie Schuppen von den Augen. Sie selbst war an der ganzen Misere schuld. Am heutigen Tag war etwas geschehen, das sie über sich selbst und ihre Situation nachdenken ließ, und sie wusste auch, was es war.

Es war Emily. Das kleine Mädchen hatte ihr gezeigt, wie weltfremd und vor allem menschenfremd sie mittlerweile lebte.

Emily hatte ihr die Augen geöffnet.

14. PRIYA

fand die Idee ihrer Töchter, Essen für die ganze Wohngemeinschaft zuzubereiten, wunderbar. Obwohl dies viel Arbeit für sie bedeutete, machte Priya dies gern.

Vermutlich würde sie bis spät in der Nacht in der Küche stehen, aber auf gewisse Weise fand sie Kochen auch entspannend.

Gerade hatte sie die Hälfte der Kartoffeln, die sie als Vorrat gekauft hatten, geschält und in Würfel geschnitten. Sie musste rechnen, für wie viele Personen sie das vegetarische Curry zubereiten sollte. Wenn sie sich nicht verzählt hatte, sollte sie das Gericht für zwölf Personen kochen. Lieber machte sie etwas mehr, falls jemand einen Nachschlag wollte. Wobei sie eher vermutete, dass manche das Gericht gar nicht probieren würden, wie vermutlich die ältere Dame im Stockwerk unter ihnen.

Bei Frau Schröder konnte sie sich einfach nicht vorstellen, dass diese ihr würziges Curry kosten würde.

Priya war nicht entgangen, dass Liese Schröder oft im Hausflur vor sich hin schimpfte, wenn es nach Knoblauch, Koriander oder anderen indischen Gewürzen roch. Vermutlich würden sie keine zehn Pferde dazu bekommen, ihr Essen zu probieren.

Bei dem Gedanken musste Priya lächeln, während sie gerade fünf Knoblauchzehen kleinhackte, da sie der Meinung war, dass dieses Gericht, das ein bisschen eine Eigenkreation war, am besten mit viel Knoblauch schmeckte. Hinzu kamen noch einige intensive Gewürze. Als Nächstes mahlte sie einen Esslöffel Kreuzkümmel feinsäuberlich im Mörser. Hierauf folgten Fenchelsamen, Koriander und Pfeffer.

„Schreibt auf den Zettel, dass sich die Leute ihr eigenes Geschirr mitbringen sollen", rief sie den Mädchen zu, während sie eine grüne Chilischote zerkleinerte.

Wenn schon, denn schon, dachte sie und machte sich daran, den Blumenkohl in Röschen zu zerteilen.

Die Mädchen waren emsig bei der Sache, die Schilder zu beschriften und zu verteilen, und hatten schon geplant, wie sie eine Art Büffet an der Haustür aufbauen wollten.

Es war schön, die beiden so harmonisch zusammenarbeiten zu sehen. Im Grunde gab es wenig Streit zwischen den Schwestern, dazu war vermutlich der Altersunterschied von acht Jahren zu groß. Gerne hätte Priya ihre Kinder altersmäßig etwas näher beieinander bekommen, doch mittlerweile fand sie es genau richtig, wie es war.

Ihre große Tochter tat ihr momentan oft leid. Es war nicht einfach, in diesem Alter in einer anderen Kultur aufzuwachsen. Innerlich fiel es ihr immer schwer, sie so streng zurechtzuweisen, doch das musste sie, denn ihr Ehemann wurde von seinen Töchtern in null Komma nichts um den Finger gewickelt.

Ihr war auch klar, dass er bei dem Gespräch vorhin wieder nur um den heißen Brei herumgeredet hatte. Welcher Vater unterhielt sich mit seiner Tochter schon gerne über Emotionen und die Liebe? Noch dazu über eine Liebe, die sie nicht haben konnte.

Es hörte sich grausam an, und das war es vermutlich auch, aber Riya durfte sich nicht in den Jungen aus dem Haus oder in irgendeinen anderen verlieben. Priya verstand ihre Tochter; sie konnte nachvollziehen, was Riya an dem Nachbarjungen gefiel. Er war cool, sah nett aus und war auf gewisse Weise unnahbar. So etwas reizte Mädchen in ihrem Alter.

Priya sprach aus eigenen Erfahrungen.

Zwar war sie damals nicht in einem anderen Land gewesen, aber auch sie hatte sich im Alter von etwa fünfzehn Jahren in einen Jungen verliebt, der nicht für sie vorgesehen war. Es war keine schöne Erfahrung gewesen.

Sie hatte sich damals oft mit ihren Eltern deswegen gestritten. Im Grunde konnte sie froh sein, dass Riya nicht so aufmüpfig war wie sie selbst. Wenn sie an die Auseinandersetzungen mit ihren Eltern seinerzeit zurückdachte, wurde ihr ganz anders. Sie war sogar einmal von zu Hause weggelaufen.

Natürlich hatte alles den rechten Weg gefunden, wie ihre Mutter ihr immer prophezeit hatte. Doch manchmal erwischte sich Priya dabei, wie sie darüber nachdachte, wie wohl ihr Leben ausgesehen hätte, wenn sie damals ihre große Liebe geheiratet hätte. Wobei *große Liebe* völlig übertrieben war, denn auch sie hatte den Jungen aus ihrer Nachbarschaft nur angehimmelt. Es war nie zu einer Beziehung mit ihm gekommen, da ihr dies strikt verboten wurde.

Damals hatte sie die Welt nicht mehr verstanden. Noch

dazu war sie sich sicher, dass ihre Gefühle erwidert wurden, was die Sache nicht gerade einfacher machte.

Sie wusste, dass Blicke mehr sagen konnten als viele Worte. An den Augen ihres Angebeteten hatte sie ablesen können: Auch er war damals bis über beide Ohren in sie verliebt gewesen.

„Mama, was machst du denn da?“, holte sie Charu aus ihrer Vergangenheit zurück.

Sie blickte ihre Tochter an, die entsetzt auf das Schneidebrett starrte. In ihren Gedanken hatte sie gar nicht mehr auf dem Brett geschnitten, sondern die Tomaten auf der Ablage zerkleinert, wobei der rote Fruchtsaft auf den Boden tropfte. Es sah aus wie auf einem Schlachtfeld.

„Ups, das ist mir gar nicht aufgefallen“, sagte sie schnell und nahm einen Lappen, um die Sauerei wegzuwischen.

„Schau mal. Wir sind fertig“, triumphierte ihre kleine Tochter und hielt ihr ein DIN-A4-Blatt entgegen.

Lockdown-Essen bei den Shans!

Kommen Sie morgen um 19 Uhr bei uns im

zweiten Stock vorbei

und holen Sie sich ein leckeres vegetarisches Currygericht ab.

Bitte bringen Sie Ihre eigenen Teller mit.

Wir freuen uns, Sie kennenzulernen!

Amal, Priya, Charu und Riya Shan

„Das hört sich an, als wolltet ihr ein Restaurant eröffnen", scherzte Priya und nahm ihre Tochter in den Arm. „Das habt ihr toll gemacht!"

„Meinst du, es kommen viele Nachbarn vorbei?", wollte Charu aufgeregt wissen.

„Das hoffe ich doch", meinte sie und drückte ihrer Tochter einen Kuss auf die Stirn.

Priya gab sich zuversichtlicher, als sie war. Ehrlich gesagt, glaubte sie nicht daran, dass viele Nachbarn vorbeikommen würden. Insgeheim hoffte sie, dass überhaupt jemand auf ihr Angebot reagieren würde. Zu traurig wäre es sonst für die Mädchen.

„Prima. Dann verteilen wir die Flyer jetzt", ereiferte sich Charu und rief nach ihrer Schwester. Auch Riya war überraschend angetan von ihrem Vorhaben, wie ihre Mutter fand.

Während die Mädchen die Zettel verteilten, kochte sie weiter. Da die Kartoffeln nun einige Minuten vor sich hin köcheln mussten, nutzte sie die Zeit, um Platz im Kühlschrank für das Essen zu schaffen.

Einem guten Currygericht tat es keinen Abbruch, einen Tag lang zu ziehen. Ganz im Gegenteil: Dann schmeckte es umso besser.

Als sie die letzten Zutaten in den Topf gegeben hatte, kamen die Mädchen von ihrer Runde durchs Haus zurück. Aufgeregt tratschten und lachten sie.

Als Priya ihre große Tochter anblickte, fiel ihr sofort auf, dass diese vor Lebensfreude geradezu strahlte. Sie musste nicht lange überlegen, um darauf zu kommen, woran das lag.

Der Grund für Riyas glühende Wangen lag definitiv im Stockwerk über ihnen.

15. EMILY

war ganz vertieft in das Schachspiel mit ihrem Opa, als ihre Mutter ins Wohnzimmer kam und ihnen einen Zettel entgegenhielt.

„Welch wichtige Botschaft vermag uns hier zu stören?", sprach Fred in seiner skurrilen Art, wie er es oft tat.

„Schaut es euch an. Ich hatte recht", kommentierte Sarah nur und übergab ihnen das Blatt Papier.

Emily nahm sich Zeit, die Nachricht zu lesen, und reichte den Zettel dann ihrem Großvater. Dieser überflog den Text schnell und blickte Sarah stirnrunzelnd an.

„Wieso hattest du recht?", wollte er dann wissen.

„Ich meinte doch, dass wir die Nachbarn in den nächsten Tagen etwas näher kennenlernen werden."

„Das ist doch toll!", freute sich Emily.

„Also, ich kann auf dieses scharfe Essen gerne

verzichten“, brummte Opa Fred nur.

„Prima, dann haben wir eine Portion mehr“, konterte Sarah.

„Ich würde gerne einen Nachtisch machen. Kann ich diesen Schokokuchen von neulich backen?“

„Natürlich, Liebes!“

„Gut, nun haben wir es ja besprochen. Können wir jetzt weiterspielen?“, drängelte Opa Fred, der es offensichtlich kaum erwarten konnte, seinen nächsten Zug zu machen.

Emily hatte innerhalb kürzester Zeit einiges über das Spiel gelernt. Tatsächlich schien ihr Opa ein begabter Schachspieler zu sein, zumindest hatte er einige Bücher parat, die er neben sie gestapelt hatte. Auch sprach er mit ihr in einem Fachjargon, den sie noch nicht ganz verstand.

Zuerst hatte er einen Vortrag darüber gehalten, wie wichtig die Schacheröffnung sei. Viele Amateure neigten dazu, die Eröffnungsphase zu unterschätzen, behauptete er. Dazu holte er ein Buch hervor, das dicker war als die Bibel und dem Titel nach zu urteilen nur von verschiedenen Eröffnungsstrategien handelte.

Allein das fand Emily schon faszinierend, aber auch etwas beängstigend. Wie konnte es so viele verschiedene Anfänge von einem und demselben Spiel geben?

Im Grunde machte Emily nur nach, was ihr Großvater ihr vorschlug. Jeden Zug kommentierte er detailliert und sie hatte ihren Opa selten mit so viel Elan bei der Sache gesehen.

Nebenbei gab er Tipps, wie etwa: „Bringe deine Dame nie zu früh ins Spiel“, „Du musst immer das Zentrum beherrschen“ oder „Mache nicht zu viele Bauernzüge, Emily.“

Ihr Schachspiel war noch nicht weit über die Eröffnung hinausgegangen, da ihr Opa diese oft wiederholen wollte.

„Du musst erst die Eröffnung beherrschen, bevor ich dir Tipps zum Mittel- und dem Endspiel gebe“, erklärte er, wobei Emily hoffte, dass ihr dies nicht zu langweilig werden würde.

„Warum spielst du nicht mal mit Liese Schröder?“, kam Emily plötzlich in den Sinn.

„Soweit kommt’s noch! Wenn der Hausdrachen einmal Feuer speit, ist das schöne Holzschachspiel passé“, scherzte er und beide mussten lachen.

An diesem Abend ging Emily um einiges später ins Bett als normalerweise, zu sehr waren sie und ihr Opa in das Schachspiel vertieft gewesen.

Nachdem sie fertig waren, oder besser gesagt, nach der hundertsten Eröffnung aufgehört hatten zu spielen, setzte sich Sarah zu ihnen und berichtete von dem Gespräch mit Herrn Schirmer.

„Aber wir haben doch hier genug Platz ...“, kommentierte Opa Fred zuerst, bis er in die langen Gesichter seiner Tochter und Enkelin blickte. Erst dann schien der Groschen zu fallen.

„Also, ich habe genug Platz, ihr offensichtlich nicht ...“, bemerkte er dann kleinlaut.

„Ich habe diese größere Wohnung im dritten Stockwerk bereits länger im Auge, schon bevor du zu uns gezogen bist, Papa“, beruhigte ihn Sarah.

„Was soll sie denn kosten?“

„Zweihundertfünfzig Euro mehr plus höhere Nebenkosten.“

„Das ist doch ein Klacks!“, behauptete er euphorisch. „Wenn ich mir überlege, was ich im Pflegeheim hingeblättert habe. Ich gebe dir gerne die Hälfte der Miete dazu!“

Insgeheim war Sarah froh, dass ihr Vater es genauso sah, wie sie, und dementsprechend reagierte, wie sie gehofft hatte. Sollte es mit der Wohnung tatsächlich klappen, wäre dies ein guter Deal für sie alle.

Inständig hoffte sie, dass ihr Vermieter von Herrn Bierbaum etwas erfuhr, das sie weiter bringen konnte. Vielleicht würde sie ihren Nachbarn morgen bei dem indischen Essen treffen, dann könnte sie ihn selbst darauf ansprechen.

In dieser Nacht wachte Emily durch eigenartige Geräusche in der Wohnung auf. Erschrocken setzte sie sich in ihrem Bett auf und lauschte.
Als sich ihre Augen langsam an die Dunkelheit gewöhnt hatten, konnte sie erkennen, dass ihre Mutter nicht in dem Bett neben ihr lag.

Anfangs hatte Emily mit ihrer Mama in einem Bett geschlafen, doch da sie sich im Schlaf viel bewegte und auch gerne mal um sich trat, hatten sie ihr eine Matratze auf den Boden gelegt.

Für Emily war ihr Schlaflager völlig in Ordnung, sicherlich war es besser, ein eigenes Zimmer zu haben, doch für ihren Opa hätte sie alles getan. Die Aussicht, eventuell in eine größere Wohnung zu ziehen, war allerdings mehr als aufregend.

Immer noch lauschte sie und glaubte mittlerweile, die gedämpfte Stimme ihrer Mutter zu hören. Diese klang allerdings aufgeregt, fast wütend.

Emily beschloss, der Sache auf den Grund zu gehen, und stand auf. Kurz darauf hörte sie, dass die Stimme ihrer Mutter aus ihrem ehemaligen Zimmer kam.

Vorsichtig lugte sie durch die Zimmertür, die einen Spalt weit geöffnet war, und sah Opa Fred, der aber gar nicht gut aussah. Er saß mit freiem Oberkörper auf dem Bettrand und hatte einige medizinische Messgeräte an seinem Körper. Ihre Mutter saß auf einem Stuhl vor ihm und redete auf ihn ein.

Wenn Emily es richtig erkennen konnte, maß sie gerade seinen Blutdruck. Neben Sarah stand ein Erste-Hilfe-Koffer, der durch ihre Arbeit im Krankenhaus mit einigen Extras ausgestattet war.

Nur fragte sich Emily, warum ihre Mutter so sauer war. Richtig wütend redete sie auf Opa Fred ein, dem es ja offensichtlich nicht gut zu gehen schien. Mit hängenden Schultern und gesenktem Blick saß er auf dem Bett und schüttelte nur ab und zu den Kopf.

Emily gab sich einen Ruck, bis sie sich getraute, das Zimmer zu betreten.

„Ach Schatz, haben wir dich geweckt? Das tut mir leid“, sagte Sarah, während sie weiter konzentriert auf ihr Blutdruckmessgerät blickte.

„Was ist mit Opa?“, wollte Emily mit trauriger Stimme wissen. Auf einmal tat ihr ihr Großvater so leid, dass sie glatt hätte losheulen können.

„Es ist nichts, mein Liebes ...“, begann Opa Fred gerade, als Sarah ihn scharf unterbrach: „Das nennst du also *nichts*?“

„Komm, Emily, setz dich neben mich“, bat er sie.

Emily tat, wie ihr geheißen, und beobachtete ihre Mutter bei der Arbeit. Schon jetzt wusste Emily, dass sie auch einmal Krankenschwester werden wollte.

„Dein Opa hat leider die Medikamente nicht genommen, die ihm der Arzt verschrieben hat“, erklärte sie an ihre Tochter gewandt.

„Das ist nur deine Sturheit!“, tadelte sie ihren Vater.

„Mama, jetzt schimpf doch nicht so mit Opa. Ihm geht es doch eh schon nicht gut“, bat Emily sie, wofür sie einen dankbaren Blick von ihm erntete. „Was ist passiert?“

„Zum Glück bin ich gerade zufällig auf die Toilette gegangen und habe gehört, wie dein Opa kaum noch Luft bekam. Ich bin augenblicklich zu ihm geeilt und habe ihm erste Hilfe geleistet. Zuerst dachte ich, er hätte einen Herzanfall, da er kaum noch Luft bekam. Schnell habe ich herausgefunden, dass sein Blutdruck auf über 200 war und er deshalb solche Atemnot hatte. Dass so etwas passieren kann, wenn man seine blutdrucksenkenden Mittel nicht nimmt, ist klar.“ Nach wie vor sprach sie mit einer vorwurfsvollen Stimme.

Allerdings konnte Emily aus dem Gesagten heraushören, dass ihre Mutter ihn nur durch Zufall gehört und ihm hatte helfen können. Ungesagt blieb, was geschehen wäre, wenn sie nicht noch einmal aufgestanden wäre. Doch Emily konnte es sich ausmalen ...

„Wie oft soll ich denn noch sagen, dass es mir leidtut?“, grummelte Opa Fred, dem man anhörte und vor allem ansah, dass er das ernst meinte.

„Papa, du musst immer alle deine Arzneimittel nehmen, sonst kommt das nächste Mal jede Hilfe zu spät.“

Emily wusste, dass ihr Opa jeden Tag viele bunte Pillen nehmen musste, und hatte sich insgeheim schon oft gefragt, wie er diese überhaupt alle auseinanderhalten konnte. Offensichtlich konnte er das eben nicht, zumindest hatte er wohl vergessen, einige davon zu nehmen.

„Das wird nie wieder vorkommen. Großes Elefantenehrenwort“, versprach er.

„Es gibt gar kein Elefantenehrenwort“, behauptete Emily.

„Ich weiß“, bestätigte Opa Fred und brachte sie damit bereits wieder zum Lachen.

Am nächsten Morgen wachte Emily erst nach acht Uhr auf. Ganz verschlafen und noch in ihrem Nachthemd tappte sie in die Küche und wunderte sich, warum sie niemand geweckt hatte.

„Warum hätte ich dich denn wecken sollen, Schätzchen? Das ist immerhin das Gute an der Quarantäne. Du kannst dir deine Zeit selbst einteilen.“

„Sonst würde ich jetzt längst in der Schule sitzen“, kommentierte Emily, nachdem sie auf die Küchenuhr geblickt hatte. Der Gedanke schien ihr zu gefallen.

„Wie geht es Opa?“, wollte sie als Nächstes wissen.

„Viel besser. Ich habe nach ihm geschaut und er schläft

noch. Das wird ihm guttun nach der aufregenden Nacht."

Da Sarah bereits früh wach gewesen war, hatte sie ein schönes Frühstück zubereitet.

Es gab gekochte Eier, aufgebackene Brötchen und frischgepressten Orangensaft. Sonst waren sie morgens meist in Eile und Emily aß Cornflakes oder Müsli, da zu mehr keine Zeit war.

„Das sieht ja aus wie ein richtiges Sonntagsfrühstück, obwohl heute erst Donnerstag ist," kommentierte Emily und schnappte sich ein Brötchen.

„Wann werde ich wohl die Aufgaben für die Schule bekommen?"

„Da lassen wir uns einfach überraschen. Kannst ja später mal im Briefkasten schauen, ob schon etwas da ist."

Bis jetzt gefiel Emily die Quarantäne ganz gut. Wenn das bedeutete, dass sie jeden Tag ausschlafen konnte und so ein tolles Frühstück von ihrer Mama zubereitet bekam, konnte das ruhig noch ein paar Tage so weitergehen.

Emily ließ sich mit allem an diesem Morgen Zeit. Nachdem Opa Fred aufgestanden war, leistete sie ihm beim Frühstück Gesellschaft, und war froh, dass er wieder so guter Dinge war.

Sie merkte gleich, dass Opa Fred wieder gesund war, als er anfing, seine alten Geschichten zu erzählen. Diesmal kramte er wieder die alte Kamelle heraus, wie er mit ein paar Freunden bei einem Wanderurlaub komplett eingeschneit worden war. Emily hatte dieses Erlebnis bestimmt schon zehn Mal gehört.

„Oder habe ich es dir schon erzählt, mein Kind?“

„Nein, hast du nicht. Das hört sich echt spannend an“, behauptete Emily wie so oft.

Tatsächlich war dies eine ihrer Lieblingsgeschichten. Opa Fred schilderte dann immer, wie er sich und seine Freunde vor dem Erfrierungstod gerettet hatte, indem er allen Skier aus den Holzlatten der Hütte, in der sie Schutz gefunden hatten, gebaut hatte.

„Du hast tatsächlich all deinen Freunden das Leben gerettet?“

„Ich glaube schon, Liebes!“, frohlockte er und wollte sich gerade dick Leberwurst auf das Brötchen schmieren, als Sarah die Küche betrat.

„Papa“, sagte sie gleich tadelnd und, „wir haben doch heute Nacht besprochen, dass du dich mal einige Zeit gesund ernährst und immer deine Tabletten nimmst.“

Hierbei deutete sie auf das Vollkorndinkelbrot, den fettfreien Frischkäse und die bereits geschnittenen Tomaten.

„Dann beiße ich aber lieber bald ins Gras“, schimpfte er und lud noch eine Schicht Leberwurst obendrauf.

„Es ist hoffnungslos“, seufzte Sarah, lächelte ihren Vater aber an.

Man konnte ihm einfach nicht böse sein.

16. ALEXANDER

Bierbaum hätte sich nichts Besseres vorstellen können an diesem Abend, als den Anruf von seinem Vermieter. Vielleicht stand das Glück doch endlich auf seiner Seite.

Herr Schirmer legte tatsächlich Wert auf seine Meinung zur Renovierung der Wohnung über ihnen. Er sollte sich anschauen, welches Material im Keller zur Verfügung stand und ihm seine Einschätzung schildern, ob er mit der Erneuerung beginnen könne.

„Schauen Sie sich doch bitte mal an, was in dem Keller alles gelagert ist und sagen Sie mir, ob Sie damit etwas anfangen können.“

Alex war froh, dass er gerade einen Blick in den besagten Kellerraum geworfen hatte und somit schon ein paar Auskünfte geben konnte.

„Zufällig war ich gerade im Keller und habe einen Blick auf die Baumaterialien geworfen. Wandfarbe scheint genug da zu sein. Im hinteren Teil habe ich einen ganzen Stapel Pakete gesehen. Wofür ist das denn vorgesehen?"

„Das ist der Laminatboden", antwortete der Vermieter.

„Gute Idee, das haben wir ja auch in unserer Wohnung."

„Die obere Wohnung wurde allerdings seit fast fünfzig Jahren nicht mehr renoviert. Das wird ein Haufen Arbeit", bemerkte Herr Schirmer.

„Da sind Sie bei mir beim Fachmann", erwiderte Alex zuversichtlich. Damit hatte er nicht einmal übertrieben. Bevor er den Antikladen eröffnet hatte, hatte er unzählige Altbauwohnungen auf Vordermann gebracht. Viele davon waren in einem äußerst desolaten Zustand gewesen.

„Ich komme morgen früh vorbei und werfe Ihnen den Schlüssel für die Wohnung in den Briefkasten. Was meinen Sie, wann Sie anfangen können?"

„Ich mache mich gleich morgen an die Arbeit. Ich kann ja sowieso kaum etwas machen in der Quarantäne." Alex dachte bei sich, dass er in den letzten Wochen auch nicht viel gemacht hatte. Aber hoffentlich würde sich dies nun ändern.

Während Alex mit Herrn Schirmer telefonierte,

beobachtete er aus dem Augenwinkel, wie Leon sich mit den indischen Mädchen aus dem Haus unterhielt. Kurz nickte er den beiden als Begrüßung zu, was diese erwiderten. Zum ersten Mal fiel ihm auf, wie hübsch die beiden waren. Vor allem die Ältere war eine wahre Schönheit.

Es würde ihn nicht wundern, wenn sein Sohn ein Auge auf sie geworfen hätte. Insgeheim fragte er sich, ob Leon die Mädchen vorher schon einmal aufgefallen waren oder wie ihm bisher kaum. Es war schon komisch, dass man so nah beieinander lebte, sich aber gar nicht kannte.

Das Telefonat hatte ihn in richtige Hochstimmung gebracht. Sofort wollte er Susanne von den positiven Neuigkeiten berichten, stellte aber überrascht fest, dass sie sich mit Louis schon ins Bett gelegt hatte. Zumindest waren die beiden verschwunden und die Schlafzimmertür war zu, was nichts anderes bedeuten konnte, als dass sie ihre Ruhe haben wollte.

Komisch war nur, dass Susanne ihm gar nichts gesagt hatte. Sicherlich wollte sie ihn bei dem Telefonat mit dem Vermieter nicht stören, aber normalerweise hätte sie ihm Zeichen gemacht und gute Nacht gesagt. Dass sie so sang- und klanglos verschwand, war etwas ungewöhnlich, aber vielleicht war sie einfach zu müde gewesen.

Alex wusste, dass seine Frau für diese Nacht die Strategie fuhr, wenigstens jetzt ein paar Stunden Schlaf zu bekommen, um dann in aller Früh mit Louis aufzustehen. Für Alex bedeutete das, sich auf die Couch im Wohnzimmer zu legen, was ihm heute gerade recht war.

Er beschloss, noch einmal in den Keller zu gehen, um sich die Sachen erneut anzusehen.

Kurz darauf war ihm klar, dass er sich diesen Gang auch hätte sparen können, denn natürlich konnte er nicht mehr erkennen als vor zwei Stunden. Etwas unschlüssig stand er in seinem Kellerraum und betrachtete die Vorräte.

„Was soll's", sagte er halblaut zu sich selbst und nahm sich ein lauwarmes Bier aus dem Sixpack.

Dies sollte erst einmal sein Letztes sein, das schwor er sich zumindest.

17. LIESE

wachte am nächsten Morgen auf und fühlte sich das erste Mal tatsächlich wie fast achtzig Jahre alt. Völlig gerädert war sie, der Rücken tat ihr weh und sie hörte ein Pfeifen im linken Ohr.

War etwa ihr Tinnitus zurückgekehrt, den sie zuletzt vor etwa zwanzig Jahren gehabt hatte?

Schlaftrunken stand Liese auf und schlurfte in die Küche, um sich erst einmal einen Kaffee zuzubereiten. Während das heiße Wasser durch die Kaffeemaschine lief und die Küche bald mit einem angenehmen Duft erfüllte, linste Liese Schröder wie immer aus dem Fenster, um zu sehen, was es Neues gab.

Im Grunde wusste sie gar nicht, warum sie immer hinausblickte. Dass dies einzig und allein die pure Neugierde war, war ihr nicht klar. Zumindest hätte sie das nie zugegeben.

Tatsächlich ging sie davon aus, so etwas wie die Hüterin der Nachbarschaft zu sein. Sie war vermutlich im Haus die Einzige, die einen Überblick über alles hatte und sogar wusste, an welchen Tagen die Stadt die Mülltonnen leerte und wann der Besitzer vom Bäcker an der Ecke morgens später kam, weil er seine Tochter vorher zum Kindergarten brachte.

Bisher hatte sie sich in ihrer Rolle wohlgefühlt, allerdings nicht bedacht, dass sie trotzdem sehr einsam war. Das war ihr erst seit letzter Nacht bewusst.

Dass sie niemand im Haus leiden konnte, ahnte sie mittlerweile ebenfalls. Woran das nur lag?

Die Kaffeemaschine machte die üblichen zischenden und klappernden Geräusche, die ankündigten, dass der Kaffee bald fertig sein würde. Wenn man bedachte, wie alt die Maschine war, war es ein Wunder, dass sie überhaupt noch funktionierte.

Noch mit ihrem Morgenmantel bekleidet schlurfte Liese durch die Wohnung, um zu prüfen, ob alles in Ordnung war. Automatisch öffnete sie ihre Wohnungstür und spähte hinaus, ob im Flur auch alles mit rechten Dingen zuging. Das tat sie jeden Morgen.

Sie checkte, ob die Haustüre richtig geschlossen war,

nachdem alle das Haus verlassen hatten, um zur Arbeit zu gehen, was an diesem Tag ja nicht der Fall sein konnte, und überprüfte, ob der Flur sauber oder wieder jemand mit Matschschuhen darüber gelaufen war.

Außerdem überwachte sie, ob irgendwelche Fahrräder oder Kinderwägen ordnungswidrig im Haus abgestellt waren. Das war zwar verboten, kam aber immer wieder vor. Manchmal kamen Freunde der Kinder ins Haus, die ihre Räder einfach im Flur abstellten, da sie zu faul waren, sie ordnungsgemäß auf der Straße abzuschließen. Für diesen Fall hatte Liese Schröder ein Pappschild vorbereitet, das sie an die Fahrräder hängen konnte. Oft war diese Notiz danach zwar mit dem Fahrrad verschwunden, aber sie hatte sich einen kleinen Vorrat angelegt.

Bei dem Kinderwagen, der seit ein paar Monaten ständig hier stand, drückte sie ein Auge zu, da sie wusste, dass er Familie Bierbaum gehörte, und es tatsächlich etwas anstrengend war, diesen immer in den zweiten Stock zu tragen. Das verstand sie.

In dem Moment hörte sie Schritte auf der Treppe und schloss ihre Tür so weit, dass sie die Leute im Hausflur gut beobachten konnte. Äußerst hastig kam jemand die

Stufen hinab, fast rannte die Person, das hörte sie deutlich. Manchmal konnte sie ihre Mitbewohner sogar an den Schritten oder dem Klang ihrer Schuhe erkennen. Kurz darauf sah sie, dass es Alexander Bierbaum war, der es an diesem Morgen so eilig hatte.

Wo wollte er bloß hin? Das Haus verlassen durfte er ja nicht.

Von ihrem sicheren Beobachtungsposten aus sah Liese, wie ihr Nachbar zum Briefkasten hastete und diesen aufschloss. Kurz blickte er hinein und schien enttäuscht.

Hierauf schaute er sie direkt an und sagte wie am Abend zuvor: „Guten Morgen, Frau Schröder. Ich kann Sie sehen." Immerhin war er diesmal etwas freundlicher.

Augenblicklich schlug Liese die Tür zu und ärgerte sich sogleich, so dämlich reagiert zu haben. Zugegeben kam sie sich etwas töricht vor, ihn schon wieder beobachtet zu haben.

Erst in dem Moment fiel ihr auf, dass ein Zettel zu ihren Füßen lag.

Langsam bückte sie sich, damit es ihr nicht wieder in den Rücken fuhr, wie neulich, und hob den Zettel auf. Zum Glück war dieser mit so großen Buchstaben beschrieben, dass sie es auch ohne Brille lesen konnte. Es dauerte einen Augenblick, bis sie den Inhalt verstand.

„Nur über meine Leiche“, flüsterte sie, während sie wieder in ihre Wohnung ging und die Tür hinter sich schloss. Liese Schröder war sich sicher, dass sie keine zehn Pferde dazu bewegen konnten, diese indische Pampe zu probieren.

„Wer weiß, was die da alles reinmischen“, sagte sie laut, als könne sie jemand hören. Das hatte sie sich über die letzten Jahre angewöhnt, sie redete mit sich selbst, als wären Andreas oder Heinz in der Nähe. Doch dem war schon lange nicht mehr so.

Noch einmal überflog sie den Zettel. Vegetarisches Curry sollte es geben. So stand es zumindest dort.

Liese konnte sich daran erinnern, dass sie vor vielen Jahren schon mal indisches Curry probiert hatte. Damals hatte sie dies Andreas und Diana zuliebe getan. Die beiden hatten sie in ein neu eröffnetes indisches Restaurant eingeladen, das in aller Munde war.

Vorzüglich sollte das Essen dort sein, ein orientalisches Erlebnis, hatte Andreas behauptet. Sie wusste, dass Diana dieses Restaurant entdeckt hatte, denn zuvor hatte ihr Sohn nur gutbürgerliche deutsche Speisen gegessen.

Vielleicht mal einen Döner oder italienisch. Aber indisch?

Allein die Aufmachung des Etablissements hatte sie sofort merkwürdig gefunden. Mit dem vielen Gold und roten Samtstoffen erinnerte es sie eher an einen Puff als an ein Restaurant der gehobenen Klasse, was es angeblich sein sollte. Natürlich tat sie dies auch sogleich kund, woraufhin Andreas sie geradezu anflehte, sich mit ihrer Meinung etwas zurückzuhalten.

Mit ihrer Meinung zurückhalten? Das kam bei Liese Schröder gar nicht in die Tüte.

Nur ihrem Sohn zu Liebe hielt sie sich von da an tatsächlich ein wenig zurück und lobte sogar den sonderbaren Kokosnusssaft, den Diana für alle bestellt hatte, dessen glibberige Stückchen einen Würgereiz bei ihr auslösten.

Als der Kellner die Bestellung aufnahm, fragte er, in welchem Schärfegrad das Essen gewünscht sei. Liese antwortete etwas plump: „So, wie man es halt isst!"

Das Ende vom Lied war, dass ihr Gericht dermaßen scharf war, dass man es definitiv nicht essen konnte, und sie nach einer kleinen Kostprobe das Gefühl hatte, ihr Herz würde stehen bleiben. Tatsächlich lief sie knallrot an und es standen ihr Schweißperlen auf der Stirn.

Andreas und Diana waren kurz davor, einen Arzt zu rufen, bis der Ober ihr als Wundermittel ein Fladenbrot und reichlich Wasser servierte. Man konnte ihm ansehen, dass er sich insgeheim darüber amüsierte, wie die Gäste unter dem scharfen Essen litten.

Es dauerte ein paar Minuten, bis es ihr ein wenig besser ging. In dieser kurzen Zeit hatten ihr Sohn und seine Frau ihr Essen heruntergeschlungen, da sie das Restaurant so schnell wie möglich verlassen wollten.

Obwohl Liese gar nicht mehr viel Worte über das grauenhafte Essen verlor, herrschte nach diesem Zusammentreffen erst mal wieder eine längere Funkpause zwischen ihr und Andreas.

Während Liese in ihrer Küche saß und den etwas zu stark gewordenen Kaffee trank, überflog sie die Einladung erneut.

Eigentlich ist es ja eine ganz nette Geste, dachte sie, obwohl sie bereits beschlossen hatte, sich dort nicht blicken zu lassen.

Ihr Frühstück bestand an dem Morgen lediglich aus einem Knäckebrot mit etwas Käse. Sie musste mit ihren Lebensmitteln haushalten, wenn sie die nächsten Tage nicht einkaufen gehen konnte. Sie hatte noch ein Brötchen vom Vortag und zwei Eier, was sie sich gut einteilen wollte. Zum Mittagessen würde sie die Reste vom gestrigen Abend machen. Zum Abendessen hatte sie einen Linseneintopf aus der Dose mit einem Wiener Würstchen geplant. Doch für den nächsten Tag hatte sie noch keine Idee.

Gerade als sie die Küche wieder aufgeräumt hatte und sich an ein Kreuzworträtsel setzen wollte, klingelte jemand an der Tür.

Wer konnte das nun wieder sein?

18. RIYA

konnte die halbe Nacht nicht schlafen. Viel zu aufregend war das Zusammentreffen mit Leon gewesen. Bereits mit klopfendem Herzen war sie mit Charu in das obere Stockwerk gegangen, um den Zettel unter der Tür durchzuschieben. Als dann ihr Schwarm plötzlich die Tür aufriss, wäre sie beinahe vor Schreck umgekippt.

Wie gut er aussah! Und nun stand er plötzlich so dicht vor ihr.

Noch nie hatten sie sich von Angesicht zu Angesicht gegenüber gestanden. Das Zusammentreffen an der Haustür vor ein paar Wochen konnte man nicht wirklich zählen, da Riya nur schnell an ihm vorbeigerutscht war und ihn dabei keines Blickes gewürdigt hatte, worüber sie sich im Nachhinein sehr geärgert hatte. Doch vorhin, direkt vor seiner Haustür, gab es kein Entkommen.

„Hallo“, hatte Leon sie knapp begrüßt, und Riya hätte bereits bei diesem einen Wort dahinschmelzen können wie ein Stück Butter in der Sonne. Was für eine angenehme tiefe Stimme er hatte! Natürlich konnte er sie nicht mit Namen begrüßen, da er diesen nicht kannte.

„Hallo, Nachbar“, antwortete Charu patent und hob den Zettel auf, um ihm diesen persönlich in die Hand zu drücken.

„Wir kochen morgen ein Essen für das ganze Haus“, erklärte ihre kleine Schwester.

Krampfhaft überlegte Riya, was sie sagen könnte, um nicht so auf den Mund gefallen zu wirken.

„Cool“, kommentierte Leon etwas knapp und las, was auf ihrer Mitteilung stand. Ein wenig schämte sich Riya dafür, dass sie den Text so kindisch verziert hatten. Vor allem Charu hatte sich hierbei ausgetobt. So viele Schmetterlinge, wie sie auf das Blatt gemalt hatte, hätte man meinen können, sie würden zu einer Insektenausstellung einladen.

„Magst du vegetarisches Essen?“, fand Riya endlich ihre Worte wieder, worüber sie heilfroh war.

„Ja, sehr sogar“, erwiderte Leon, „ich mache gerade bei so einer 30-Tage-Challenge mit, sich vegetarisch zu ernähren. Ehrlich gesagt, ist die Challenge schon vorbei, aber ich mache trotzdem weiter."

„Dann wird dir unser Essen morgen bestimmt schmecken", meinte Charu, die nicht so befangen war wie ihre Schwester.

„Magst du scharfes Essen?", wollte Riya als Nächstes wissen und ärgerte sich ein wenig, dass ihr nichts anderes als Konversation einfiel, als über das dämliche Curry zu sprechen.

„Geht so ...", antwortete Leon ehrlich.

„Wir sagen unserer Mutter, dass sie es nicht zu sehr würzen soll", kam es wieder von Charu.

„Können wir noch irgendetwas mitbringen?", wollte Leon wissen.

„Nein, das braucht ihr nicht. Nur eure Teller", antwortete Riya und hätte ihm gerne so viele Fragen gestellt: Auf welche Schule er ging? Was er am liebsten auf seiner Gitarre spielte? Ob er noch andere Hobbys hatte? Hatte er eine Freundin? Und am besten noch, ob sie sich nicht mal treffen könnten.

All das hätte sie ihn fragen wollen, doch stattdessen sagte sie nichts mehr.

Da auch Leon nichts mehr einzufallen schien, um ihren

Smalltalk fortzuführen, verabschiedeten sie sich.

„Bis morgen!“, rief Leon, als sie sich bereits zum Gehen abgewandt hatten.

Immerhin hieß das, dass er am nächsten Tag tatsächlich zu ihrem Essen kommen würde.

Als die beiden Schwestern von ihrem kleinen Rundgang zurückkamen, gingen sie in die Küche, um ihre Mutter zu fragen, ob sie etwas helfen konnten.

Ein Blick ihrer Mutter reichte Riya, um zu wissen, dass sie ahnte, was vorgefallen war.

Warum konnten Mütter das? Woher hatten sie diesen siebten Sinn? Warum wusste Priya immer, was in ihr vorging?

„Hattet ihr Spaß?“, fragte sie und hatte dieses allwissende Lächeln auf dem Gesicht, das Riya nur zu gut kannte.

„Ja“, bestätigte Charu, wobei ihre Mutter wohl lieber eine Antwort von ihrer älteren Tochter bekommen hätte. Riya nickte nur kurz.

Was sollte sie auch sagen? Ihre Mutter wusste doch sowieso Bescheid.

Eigentlich hatte Riya erwartet, dass ihre Mutter sie

noch einmal darauf ansprechen und sie wieder ermahnen würde, sich bloß nicht hier in Deutschland zu verlieben. Doch diesmal blieb eine Standpauke aus.

Vermutlich war sie einfach zu sehr mit dem aufwendigen Essen beschäftigt. Immerhin sagte sie den Mädchen, dass sie keine Hilfe benötigte, sondern sie sich lieber ins Bett legen sollten, um für den Onlineunterricht ausgeschlafen zu sein.

Doch davon konnte keine Rede sein. Ständig überlegte Riya sich, was sie hätte sagen können, und nahm sich fest vor, Leon am nächsten Abend zumindest auf sein Gitarrenspiel anzusprechen.

Wie sie dies allerdings tun sollte, ohne dass ihre Eltern es mitbekamen, ließ sie einige Stunden weitergrübeln. Ihre Situation schien so hoffnungslos.

19. EMILY

ließ sich an diesem Morgen Zeit. Nachdem sie ausgiebig mit ihrem Opa gefrühstückt hatte, machte sie sich fertig, was heute auch länger dauerte als sonst. Sie beschloss, erst einmal ihren Meerschweinchenkäfig sauberzumachen.

Sarah staunte nicht schlecht, dass sie dies ohne Aufforderung tat. Emily schien es zu genießen, nicht in aller Frühe zur Schule gehen zu müssen.

Doch ganz unbeschwert war Emily an diesem Morgen nicht. Sie war in großer Sorge um ihren Opa, was sie ihm natürlich nicht zeigen wollte. Als er sich nach dem Frühstück vor den Fernseher setzte, um Nachrichten zu schauen, packte sie die Gelegenheit beim Schopf und fragte ihre Mutter, nach der Krankheit, die Opa hatte.

„Mama, jetzt sag mir bitte die Wahrheit und behandele

mich nicht wie ein kleines Kind. Was ist mit Opa und muss ich mir Sorgen um ihn machen?“, fragte sie geradeheraus, um zu verhindern, dass ihre Mutter das Ganze beschönigte.

Offensichtlich war dieser klar, dass Emily in der Nacht genug mitbekommen hatte, sodass es gar keinen Sinn machte, ihr zu erzählen, dass alles in Ordnung sei.

„Liebes, wenn Opa seine Tabletten immer nehmen würde, wäre tatsächlich alles in Ordnung“, sagte sie zuerst, um Emily ein wenig zu beruhigen. Es rührte sie, wie sehr sich die Kleine um ihren Großvater sorgte. Emily hatte ein großes Herz und wollte sich stets um die Schwächeren kümmern. Vielleicht trat sie später in ihre Fußstapfen und würde auch Krankenschwester oder Ärztin werden. Das Zeug und vor allem die Empathie hierzu hatte sie auf jeden Fall.

„Aber was können wir machen, damit er diese immer nimmt?“

„Die nächsten Tage wird er diese nun bestimmt regelmäßig nehmen. Wir müssen nur drauf achten, dass er es dann nicht wieder schleifen lässt. Im Grunde müssten wir ihn immer daran erinnern, seine Medikamente zu nehmen.“

„Warum richten wir nicht einen Wecker ein und wechseln uns ab beim Erinnern ab?“, schlug Emily vor, „ich frage ihn immer morgens, ob er seine Pillen genommen hat, und du stellst dir auf deinem Handy einen Wecker und erinnerst ihn dann mittags und abends daran.“

„Das ist eine ausgezeichnete Idee, Emily“, rief Sarah begeistert und zückte sogleich ihr Handy, um die Weckerfunktion so einzustellen, dass es sie zweimal täglich an die Medikamente von ihrem Vater erinnerte. Bislang hatte sich Opa Fred erfolgreich gegen ein Mobiltelefon oder diesen neumodischen Quatsch, wie er es nannte, gewehrt.

„Ist gebongt“, verkündete sie kurze Zeit später und umarmte Emily. „Das wird schon. Ich bin mir sicher, dass Opa steinalt wird und dir noch viele lustige Geschichten erzählen kann.“

Auch Emily schien nun zuversichtlicher und kam zum nächsten Thema, das sie beschäftigte.

„Meinst du, es hat schon jemand meine Schulsachen in den Briefkasten geschmissen?“

„Vielleicht bringt jemand die Sachen ja in der großen Pause vorbei, ansonsten musst du dich wohl bis nach der

Schule gedulden, um endlich mit deinem Homeschooling anzufangen“, scherzte Sarah. Tatsächlich schien sich Emily ein klein wenig darauf zu freuen, ihre Schulaufgaben zu Hause erledigen zu können.

Als kurz darauf zwei Mädchen aus ihrer Klasse klingelten, um die Aufgaben abzugeben, war Emily ganz aus dem Häuschen. Natürlich durfte sie diesen nicht gegenübertreten, sondern öffnete mit dem Türdrücker nur die Haustür, damit sie den Umschlag in den Briefkasten schmeißen konnten.

Schnell flitzte Emily zum Wohnzimmerfenster, um ihren Freundinnen zu winken und sich zu bedanken.

„Wie nett von den beiden, dass sie schnell in der Pause hergekommen sind“, meinte Sarah.

„Ja, es war noch Herr Klinger dabei.“

„Wer ist das denn?“

„Der macht immer die Hausaufgabenbetreuung.“

Natürlich durften die Kinder während der Schulzeit nicht einfach das Schulgelände verlassen, daran hatte Sarah gar nicht gedacht.

Obwohl die Grundschule nur drei Straßen weiter lag, benötigten die Kinder hierfür eine Aufsicht. Umso zuvorkommender, dass sie so schnell organisiert hatten, damit Emily ihre Schulaufgaben bekam.

„Na, dann mal ran an die Arbeit", sagte Sarah, woraufhin Emily ein langes Gesicht machte. So sehr sie sich über den Besuch gefreut hatte, war ihr wohl nicht klar gewesen, dass dies bedeutete, dass sie sich nun an ihre Bücher setzen musste.

„Okay, ich hole schnell die Sachen", gab sich Emily leicht geschlagen.

Leider gehörte Emily zu einem der Kinder, bei denen sich die Vorfreude auf die Schule relativ schnell gelegt hatte. Im Kindergarten hatte sie es kaum erwarten können, endlich ein Schulkind zu sein. Doch dann hatte sie nach der Einschulung und dem ersten Schultag ernsthaft gefragt, ob sie da am nächsten Tag wieder hingehen müsse.

Sicherlich machte ihr einiges in der Schule Spaß: alleine Zeit mit ihren Freunden zu verbringen und Fächer wie Sport oder Kunst. Aber bei Fächern wie Deutsch oder Mathe stöhnte sie oft und erledigte ihre Hausaufgaben äußerst widerwillig. Allerdings hatte sie seit der dritten Klasse auch eine ausgesprochen strenge und wenig einfallsreiche Klassenlehrerin erwischt, die diese Fächer nicht gerade spannend machte.

Nichtsdestotrotz war Emily eine sehr gute Schülerin, und manchmal hatte Sarah den Verdacht, dass ihr das Ganze einfach zu langweilig war. In den nächsten Tagen würde sie sehen, wie sich Emily beim Lernen anstellte.

Während Emily die Treppen hinunterrannte, überlegte sie, wie lange sie wohl eingesperrt sein würden. Ihre Mutter hatte gesagt, bis sie alle einen negativen Coronatest vorlegen konnten. Aber wie lange konnte das dauern?

Im ganzen Treppenhaus roch es nach dem Currygericht der indischen Familie, die Emily bisher nur vom Sehen kannte. Sie mochte den Geruch, probiert hatte sie indisches Essen allerdings noch nie, was sie umso gespannter auf den heutigen Abend machte.

Während Emily den Umschlag aus dem Briefkasten fischte, hörte sie, wie hinter ihr die Tür geöffnet wurde. Liese Schröder ging wieder in Beobachtungsposition.

„Guten Morgen, Liese“, begrüßte sie die alte Dame darauf freundlich, die sogleich die Tür weiter öffnete. Diesmal lächelte sie sogar.

„Hallo, Emily. Hast du Post bekommen?“, konnte sie ihre Neugierde nicht zurückhalten.

„Das sind nur meine Schulaufgaben."

Sicherlich hatte sie genau beobachtet, wie ihre Klassenkameradinnen den Umschlag in den Briefkasten getan hatten.

„Kommst du heute Abend zu dem Essen?", wollte Emily von ihr wissen.

„Nur über meine Leiche!", rutschte es Liese unfreundlich heraus, was ihr sogleich ein wenig leidtat. So ablehnend hatte sie gar nicht sein wollen. Doch Emily musste über ihren Kommentar lachen.

„Es schmeckt bestimmt lecker. Findest du nicht, dass es köstlich riecht?" Emily drehte sich einmal vor Begeisterung im Kreis.

„Mein Käsebrot riecht besser", behauptete Liese, musste aber auch ein wenig schmunzeln.

„Ich habe vor, einen Kuchen zum Nachtisch zu backen", erklärte Emily.

„Das ist eine fantastische Idee. Den würde ich auf jeden Fall essen."

„Hast du Lust, den Kuchen gemeinsam zu backen?", fragte Emily frei heraus.

„Im Grunde gerne, mein Kind, aber ich glaube, das geht im Moment nicht", hierbei deutete sie schulterzuckend auf den Aushang in Hausflur.

„Ach ja, das hatte ich schon wieder vergessen“, sagte Emily leichthin, „vielleicht können wir das ja machen, wenn die Kantine vorbei ist“, schlug sie dann vor.

„Quarantäne meinst du“, verbesserte Liese sie und fügte sogleich an: „Gerne können wir das machen!“

Sie konnte sich nicht daran erinnern, wann zuletzt jemand Zeit mit ihr verbringen wollte. Der kleinen Emily schien tatsächlich etwas daran zu liegen, sich mit ihr zu treffen. Oder hatte sie nur Mitleid?

„Ich habe gestern übrigens mit meinem Opa gleich Schach gespielt. Stundenlang. Es hat richtig Spaß gemacht. Ihm ein bisschen mehr als mir“, berichtete sie dann, was Liese sichtlich glücklich stimmte.

„Ach, dein Opa spielt gerne Schach?“, fragte sie nach.

„Ja, sehr gerne, er ist ein echter Profi. Vielleicht haben Sie ja mal Lust, mit ihm Schach zu spielen?“

Jetzt war es raus! Vor ihrem geistigen Auge sah Emily, wie Opa Fred darauf reagieren würde, und hätte beinahe angefangen zu kichern.

Manchmal musste man Leute eben zu ihrem Glück zwingen. Emily fand, dass Opa Fred und Liese Schröder sich auf gewisse Weise ähnlich waren. Auch ihr

Großvater sagte stets, wonach ihm der Sinn stand, und konnte ganz gut meckern. Das waren doch schon mal zwei Gemeinsamkeiten, und wenn sie noch länger darüber nachdenken würde, fände sie bestimmt noch mehr.

Gerade als Liese darauf antworten wollte, hörten sie hastige Schritte auf der Treppe und drehten sich um, um zu sehen, wer es so eilig hatte.

Kurz darauf sah Emily Herrn Bierbaum um die Ecke kommen. Mit flinken Schritten nahm er die letzten Stufen und marschierte direkt zu den Briefkästen. Flüchtig hatte er ihnen zugenickt, doch sein Interesse galt etwas anderem.

Eilig schloss er den Briefkasten auf und zog einen kleinen Umschlag heraus. Er schien äußerst zufrieden zu sein mit dem, was er sah, denn er hatte noch ein Lächeln auf den Lippen, als er sich zu ihnen umdrehte und ein freundliches „Guten Morgen, die Damen“ trällerte. Mit seiner Post ging er dann nicht wieder zurück in seine Wohnung, sondern in den Keller.

Kurz blickten ihm beide schweigend hinterher.

„Solche Post würde ich auch gerne mal bekommen“, kommentierte Liese.

„Weißt du, was da drin war?"

„Nein. Keine Ahnung, aber es scheint ihn sehr fröhlich zu machen."

Als Emily ihre Nachbarin wieder anblickte, musste diese lachen. Es war ein offenes herzliches Lachen, das ansteckte. Bald stimmte Emily mit ein und dachte, dass sie Liese Schröder noch nie hatte lachen sehen.

Etwas Ähnliches dachte Liese selbst, die ganz überrascht von sich war.

„Möchtest du nicht heute Nachmittag zum Tee bei uns vorbeikommen?", kam es Emily plötzlich in den Sinn. „Wir können auch alle Masken tragen", fügte sie noch an, als ihr Gegenüber nicht gleich reagierte.

„Warum eigentlich nicht? Sehr gerne", antwortete Liese, die sich gut daran erinnerte, wie sehr sie sich geärgert hatte, die letzte Einladung ausgeschlagen zu haben.

„16 Uhr?"

„Das kann ich in meinem prall gefüllten Kalender gerade noch unterbringen." Liese grinste.

Die alte Frau hatte durchaus Humor, wie Emily nicht zum ersten Mal auffiel. Das würde Opa Fred gefallen.

Insgeheim heckte Emily nämlich einen Plan aus, von dem die beiden älteren Herrschaften noch nichts wussten. Inständig hoffte sie, dieser würde aufgehen.

„Bis später, Liese!“, verabschiedete sie sich und machte sich auf den Weg nach oben. Beim ersten Treppenabsatz schaute sie sich noch einmal um und sah, dass Liese Schröder ihr zum Abschied zuwinkte. Richtig glücklich sah die alte Dame dabei aus.

Opa Fred würde sich wundern, denn der Hausdrache konnte tatsächlich nett sein.

20. SUSANNE

hatte die ganze Nacht kein Auge zugetan, so aufgebracht war sie.

Viele Stunden wälzte sie sich im Bett hin und her und konnte nicht einschlafen. Sie hatte das Gefühl, dass ihre Wut sich immer mehr steigerte, je länger sie wach war. Alleine, dass Alex ihr die wenigen wertvollen Stunden des Schlafes und somit der Entspannung raubte, brachte ihr Blut in Wallung.

Was bildete er sich eigentlich ein? Er ließ sie alleine, während er durch die Stadt tingelte, vermutlich hier und da ein Schwätzchen hielt, um sich dann die ganze Situation schönzutrinken. Unglaublich. Wenn sie das machen würde ...

Wie sie erwartet hatte, wachte Louis bereits um 3:30 Uhr auf. Damit hatte sie gerechnet. Nicht gerechnet hatte sie allerdings damit, dass sie vor Wut über Alex noch geräderter sein würde als sonst.

Wie sollte sie diesen Tag überstehen?

Ihre einzige Chance, etwas Ruhe zu finden, sah sie darin, ihren Ehemann mit der Situation zu konfrontieren. Jetzt war er mal dran, sich um den Kleinen zu kümmern.

Im Halbschlaf machte sie sich in aller Frühe einen Tee, da ihr Kaffee seit Neuestem auf den Magen schlug, und setzte sich mit Louis an den Tisch.

Immerhin schien Louis an diesem Morgen ganz zufrieden zu sein. Als würde er spüren, wie schlecht es ihr ging, quengelte er kaum. Auch das Füttern lief heute so gut wie noch nie. Für seine Verhältnisse aß Louis wie ein Scheunendrescher, kaum genug kriegen konnte er von dem Apfelhaferbrei, den Susanne ihm heute zum ersten Mal zubereitet hatte.

„Vielleicht haben wir ja ein Lieblingsessen für dich entdeckt", flüsterte sie ihm zu und gab ihm einen liebevollen Kuss auf die Stirn. So anstrengend die letzten Monate gewesen waren, so sehr vergötterte sie ihren Sohn.

Hätte sie die Uhr zurückdrehen können, würde sie nichts anders machen ... Außer vielleicht die Aussagen von Alex etwas mehr zu hinterfragen.

Angestrengt versuchte sie, sich an die Situation zu erinnern, als ihr Mann ihr freudig verkündete, dass er eine Anstellung bei Matze gefunden hatte. Es war hier in der Küche gewesen und Alex schien überaus glücklich über diese neue Möglichkeit. Das wäre die Rettung in der Pandemie, wie er sich damals ausdrückte.

„So ein Lügner!“, schimpfte sie laut und Louis blickte sie an, als könne er jedes Wort verstehen.

Ihr Sohn war mit vielen Dingen früh dran. Zu gut erinnerte sie sich an den Augenblick, als sie plötzlich einen dumpfen Schlag aus dem Schlafzimmer hörte, während sie im Badezimmer stand und sich schminkte. Als sie dann ins Schlafzimmer eilte und Louis nicht mehr auf dem Bett lag, blieb ihr fast das Herz stehen. In der gleichen Sekunde sah sie ihn auf dem Boden liegen und hielt automatisch die Luft an, gefasst auf einen markerschütternden Brüllanfall. Doch Louis blickte sie nur an und schien fast zu lächeln. Fast wirkte er stolz über seine kleine Stunteinlage. Keinen Mucks oder Klagelaut gab er von sich, als wäre es das Normalste auf der Welt, dass er sich mit gerade mal drei Monaten gedreht hatte und auf den Fußboden geknallt war.

Zu sitzen begann Louis bereits mit vier Monaten, und nun mit knapp einem halben Jahr machte er schon Anstalten, zu krabbeln.

Vielleicht wollte er sie mit seinen ausgeprägten motorischen Fähigkeiten darüber hinwegtrösten, dass er so viel weinte. Auch aß er sonst mehr schlecht als recht. Das Stillen hatte gar nicht geklappt und bei seinem Fläschchen hatten sie ihm auf Anraten der Kinderärztin Milchpulver für Frühchen gegeben, da er so wenig aß, dass er kaum zunahm.

Dass er nun eine ganze Schüssel Haferbrei gegessen hatte, war daher eine kleine Sensation. Richtig zufrieden sah er aus.

Nachdem Louis sein Bäuerchen gemacht hatte und auf ihrer Schulter bereits fast einschlief, beschloss Susanne, es noch einmal zu versuchen und sich mit ihm hinzulegen.

Heute schien für sie und Louis ein besonderer Tag zu sein, was sie zumindest ein wenig besänftigen konnte. Kurze Zeit später waren beide wieder friedlich eingeschlafen.

21. ALEXANDER

wachte an diesem Morgen viel zu früh auf, was vermutlich daran lag, dass das Sofa im Wohnzimmer nicht so bequem war wie sein Bett. Im Grunde war das völlig untertrieben, denn die Couch war dermaßen weich und ausgesessen, dass es sich anfühlte, als hätte sich seine Wirbelsäule über Nacht so verbogen, wie der Panzer einer Schildkröte. Auch fühlte er sich um Jahre gealtert.

Alex musste erst ein paar Dehnungsübungen machen, um überhaupt wieder aufrecht gehen zu können.

Doch seine Rückenschmerzen konnten die Vorfreude auf den heutigen Tag nicht schmälern. Wenn alles gut ging, würde er tatsächlich mit seiner Arbeit beginnen können.

Inständig hoffte er, Herrn Schirmer die positive Nachricht überbringen zu können, dass im Keller genug

Arbeitsmaterialien gelagert waren, um sofort mit der Renovierung der Wohnung anfangen zu können.

In der Küche konnte er die Reste von Susannes und Louis´ Frühstück ausmachen. Es wunderte ihn, dass er die beiden nicht gehört hatte. Wie es aussah, hatte sich seine Frau wieder ins Schlafzimmer zurückgezogen. Zwar fand er dies ungewöhnlich, machte sich in dem Moment aber keine weiteren Gedanken darüber. Zum Glück ahnte er noch nicht, dass seine Frau über alles Bescheid wusste, dass sein Lügengerüst bereits mit einem großen Knall zusammengebrochen war.

An diesem Morgen nahm sich Alex die Zeit, sich einen perfekten Latte macchiato zuzubereiten. Eine Zeit lang hatten sich Susanne und er einen kleinen Wettstreit geliefert, wer den besseren Milchschaum für das Kaffeegetränk machen konnte. Alex hatte dies perfektioniert und konnte mittlerweile sogar ein Herz oder ein Blatt auf den Kaffeeschaum zaubern.

Passend zu seiner Stimmung, schmeckte ihm der Latte macchiato heute ganz vorzüglich. Er setzte sich an den Küchentisch und blickte sich in der Küche um, als würde er diese zum ersten Mal sehen. Ein bisschen stimmte das auch, denn er sah sie mit anderen Augen. Mit den Augen eines Handwerkers, der bald genau diese Küche renovieren würde.

Logischerweise musste die Wohnung über ihnen den gleichen oder ähnlichen Schnitt haben wie diese. Voller Elan fing er an, verschiedene Sachen zu vermessen, wie etwa die Küchenschränke, die Fenster und den Boden. Zu allem machte er sich Notizen. Von ihm aus konnte es gleich losgehen.

Aufgeregt wie ein kleiner Junge lief er bereits um kurz nach acht das erste Mal zum Briefkasten, um nachzusehen, ob Herr Schirmer schon den Schlüssel eingeworfen hatte. Natürlich nicht.

Warum sollte sich sein Vermieter in aller Herrgottsfrühe auf den Weg machen, um dies zu tun?

Schließlich hatte er die Wohnung über einige Monate nicht renoviert, da kam es auf ein paar Stunden auch nicht an.

Während er in den Briefkasten blickte, merkte er wieder, dass hinter ihm die Wohnungstür einen Spalt geöffnet wurde, durch den Frau Schröder ihn beobachtete. Zwar ging ihm die alte Schreckschraube wahnsinnig auf die Nerven, doch diesmal unternahm er nichts. Er wollte sich an seinem ersten Arbeitstag nicht aufregen.

Zwei Stunden später hatte er mehr Glück. Die Schlüssel befanden sich im Briefkasten. Herr Schirmer hatte ihm die Schlüssel für den Keller und die Wohnung im dritten Stock gegeben, was er als gutes Zeichen deutete. Auch der Vermieter schien davon auszugehen, dass es mit der Renovierung bald losgehen konnte.

Gerade stand er in dem Kellerraum, der zu der leerstehenden Wohnung gehörte, und schaute sich genau um. Als Utensilien hatte er einen Notizblock, Stift und Zollstock dabei. Sein Handy nicht zu vergessen, mit dem er Fotos machen konnte.

Was er sah, gefiel ihm.

Dass genug Wandfarbe vorhanden war, um vermutlich eine weitere Wohnung zu streichen, hatte er am Abend vorher bereits erkannt. In den gestapelten Kisten am hinteren Ende des Raums befand sich Laminatboden, der locker für hundert Quadratmeter reichen würde. Kurzerhand öffnete er ein Paket an der Ecke, das mit *Eiche Country* beschriftet war, worunter er sich nicht wirklich etwas vorstellen konnte. Doch er wurde nicht enttäuscht, der Vermieter hatte Geschmack. *Eiche Country* stellte sich als ein heller Laminatboden heraus, der etwas hermachte.

An einer Wand fand er Werkzeug und Utensilien, wie etwa einen Tapeziertisch, den er unbedingt für sein Vorhaben brauchte. Herr Schirmer schien sich mit Renovierungen auszukennen. Unter anderem fand Alex Putzgrund, Reibeputz, eine Maurerkelle, Abdeckfolie, Kreppband und Spachtelmasse.

Er staunte nicht schlecht, als er sogar neue Türfronten und Fliesen für die Küche und vermutlich das Badezimmer fand. Als er die letzten beiden Kisten öffnete, entdeckte er darin Bodenleisten und hübsche Plissees für die Fenster.

Eines stand fest, Herr Schirmer renovierte nicht zum ersten Mal eine Wohnung und hatte definitiv nicht mit dem Geld gespart. Alles, was Alex vor sich sah, waren hochwertige Produkte, mit denen es großen Spaß machen würde, zu arbeiten.

Auch ohne seine Notizen noch einmal genau zu studieren, war ihm klar, dass er mehr als genug Materialien hatte, um mit der Renovierung zu beginnen. Sollte doch etwas fehlen, würde er es im Internet bestellen.

Als Alex wieder nach oben hechtete, nahm er zwei

Stufen auf einmal, da er kaum erwarten konnte, seinen Vermieter anzurufen und die freudige Botschaft zu überbringen.

Als er die Küche betrat, schnappte er sich sofort das Telefon, um Herrn Schirmer zu kontaktieren. Zugegeben war er so aufgeregt, dass er keine Sekunde daran dachte, dass Susanne und Louis noch schliefen und er sie mit seinem begeisterten Anruf wecken würde.

Gerade als er das Gespräch beendet hatte, betrat Susanne die Küche. Auf ihrem Arm hatte sie den weinenden Louis. Ein wenig erschrak er, wie übermüdet sie aussah. Die Haare waren völlig zerzaust, und sie hatte dunkle Ringe unter den Augen. Zugegeben sah seine arme Frau richtig elend aus. Umso mehr würde sie sich sicherlich über seine frohe Botschaft freuen.

„Schatz, ich habe einen neuen Job“, frohlockte er und ging auf sie zu, um sie zu umarmen.

„Ach? Genauso eine tolle Stelle, wie das letzte Mal? Auf deiner Parkbank am Neckar?“, fauchte sie ihn bloß an und drehte sich auf dem Absatz um.

Das war wohl mächtig in die Hose gegangen.

22. OPA FRED

würde niemals zugeben, welche Angst die Geschehnisse der vergangenen Nacht bei ihm ausgelöst hatten. Als er aufgewacht war, hatte er sich gefühlt, als würde er innerlich verkochen. Er hatte eine plötzliche Atemnot gespürt, die minütlich zunahm. Bald hatte er Panik bekommen, an einem grausamen Erstickungstod zu sterben.

Genau in dieser Sekunde war Sarah in sein Zimmer gestürzt und hatte sofort erkannt, was zu tun war.

Fred konnte von Glück reden, dass seine Tochter Krankenschwester war. Hätte Sarah, wie von ihm und seiner Frau immer gepredigt, eine akademische Laufbahn eingeschlagen, wäre er vergangene Nacht vermutlich hopsgegangen.

Fred durfte gar nicht weiter darüber nachdenken. Er

nahm sich vor, von nun an immer seine Medikamente zu nehmen und sich vielleicht auch etwas gesünder zu ernähren. Bewegen solle er sich, hatte Sarah gepredigt und ihm allen Ernstes zwei Hanteln im Wohnzimmer vor ein geöffnetes Fenster gelegt.

„Hier, mach ein paar Übungen an der frischen Luft", meinte sie und ließ ihn mit dieser Anweisung allein.

Opa Fred blickte zwischen den Hanteln und dem Fenster hin- und her. Er wusste nicht recht, was er mit den Dingern anfangen sollte. Kurz darauf stand er am offenen Fenster und schaute hinaus. Es war ein schöner Frühlingstag, der gerade dazu einlud, rauszugehen. Er nahm sich vor, dies tatsächlich zu tun, wenn die Quarantäne vorbei war.

„Und wie war es?", wollte Sarah von ihm wissen, als er fünfzehn Minuten später das Wohnzimmer wieder verließ.

„Anstrengend", flunkerte er und zwinkerte ihr zu.

„Papa, du solltest dich wirklich etwas bewegen", ermahnte ihn Sarah, die ihren Vater gut genug kannte, um zu wissen, dass er die Hanteln nicht angerührt hatte.

„Eins nach dem anderen", winkte dieser ab, „jetzt nehme ich erstmal alle meine Pillen und stelle meine

Ernährung um. Das mit der Bewegung kommt dann bestimmt ganz von allein."

Als er dann jedoch in die Küche trat und sah, dass Emily sämtliche Utensilien zum Backen ausgebreitet hatte, war es mit der Ernährungsumstellung schon wieder passé.

„Oh, was machst du denn da Gutes?"

„Ich backe einen Kuchen für das Essen heute Abend und ein paar Muffins für heute Nachmittag."

„Was ist denn heute Nachmittag?", fragte er neugierig, während er sich ein Stück von der Backschokolade klaute.

„Lass dich überraschen ..."

Niemals konnte Emily ihm sagen, dass sie Liese Schröder eingeladen hatte. Dann würde er sich sicherlich in seinem Zimmer verstecken. Emily hatte ihre Mutter eingeweiht, die sie in allem unterstützte. Zusammen hatten sie einen Plan geschmiedet, der funktionieren konnte.

Emily würde auf dem kleinen Balkon einen Kaffeetisch für zwei Personen decken und gleich das Schachspiel bereitstellen. So wären die beiden draußen und hätten genügend Abstand. Ob es tatsächlich zu einem Schachspiel kommen würde, war fraglich.

Eher vermutete Emily, dass entweder Opa Fred oder Liese Schröder das Weite suchten ... doch vielleicht würde ihr Vorhaben auch klappen.

„Die schmeckt ja furchtbar“, meckerte Opa Fred, nachdem er sich die Schokolade in den Mund geschoben hatte.

„Das ist bittere Blockschokolade. Die ist nicht dazu gedacht, sie pur zu naschen“, bemerkte Sarah, die gerade die Küche betrat. „Aber wie ich sehe, setzt du das mit der gesunden Ernährung schon prima um“, zog sie ihn auf und machte sich auf die Suche nach einer Küchenwaage.

Sarah hatte sich vorgenommen, die Quarantäne und die Zeit mit ihrer Tochter so gut wie möglich zu genießen. Dass sie unter der Woche nachmittags einen Kuchen mit Emily backen konnte, kam so gut wie nie vor.

„Ich ruhe mich noch ein wenig aus. Weckt mich, wenn der Kuchen fertig ist“, meinte Opa Fred, die Hänseleien seiner Tochter gekonnt ignorierend.

Zu gerne hätte er gewusst, für wen sie diesen ganzen Aufwand betrieben.

23. PRIYA

hatte an diesem Tag alle Hände voll zu tun. Zwar war das Essen fast fertig zubereitet, aber das Homeschooling funktionierte vorn und hinten nicht.

Die Arbeitsblätter für Riya ließen sich nicht ausdrucken, und da sie Amal nicht bei seinem Onlinemeeting stören wollte, versuchte sie selber, den Drucker zu reparieren, was ein hoffnungsloses Unterfangen war.

Für Charu sollten die Arbeitsblätter von Klassenkameraden vorbeigebracht werden, doch offensichtlich hatte sich ihre Lehrerin kurzfristig umentschieden und diese doch per E-Mail geschickt. Nun hatten beide Mädchen keine Aufgaben zu erledigen, bis sie den dämlichen Drucker repariert hatte.

„So ein Mist! Ich habe alles probiert. Das Ding funktioniert einfach nicht“, schimpfte sie, während sie sich über den Drucker beugte. „Dabei ist er doch so gut wie neu, die Tintenpatrone ist voll ... ich verstehe das einfach nicht.“

Die Mädchen beobachteten ihre Mutter, wie sie anhand der Gebrauchsanweisung versuchte, den Drucker zu reparieren. Hoffnungslos, wie es schien.

„Wer könnte uns denn helfen?“, grübelte sie verzweifelt, eher an sich selbst gewandt.

„Wir könnten doch den Jungen von oben drüber fragen“, schlug Charu vor, ohne zu wissen, was für Gefühle sie dadurch bei ihrer Mutter und ihrer Schwester auslöste.

Riyas Herz begann sofort einen Takt schneller zu schlagen, während Priyas kurz aussetzte.

„Warum antwortet ihr denn gar nicht?“, hakte Charu nach, als beide nur vor sich hinstarrten, ohne etwas zu sagen.

„Vielleicht ist das gar keine schlechte Idee“, musste ihre Mutter zugeben.

Wenn sie den Jungen, dessen Namen sie nicht einmal kannte, um Hilfe bitten würden, hieß das ja nicht, dass er und Riya gleich heiraten müssten.

„Würdet ihr kurz hochgehen und ihn um Hilfe bitten?"

„Und was ist, wenn er noch schläft?", fragte Riya nervös.

„Es ist doch schon nach zehn Uhr und er muss ja auch seine Schulaufgaben machen."

Da hatte ihre Mutter recht.

Aus irgendeinem Grund gefiel Riya die Vorstellung nicht, wieder dort hochzugehen und ihn auch noch um Hilfe zu bitten.

„Kann ich mir den Drucker einmal ansehen?", fragte Riya daher.

„Nur zu", meinte ihre Mutter und trat zur Seite.

Keine zehn Minuten später machten sich die beiden Mädchen auf den Weg nach oben. Wieder öffnete Leon ihnen die Tür und schien wenig überrascht über ihren erneuten Besuch.

„Klar kann ich mir das anschauen", sagte er, nachdem sie ihm das Problem geschildert hatten. Heute trug er Jeans und anstatt seines üblichen Kapuzenpullovers nur ein T-Shirt. Er hatte wohl gerade geduscht, da seine Haare noch nass waren.

Zum ersten Mal konnte Riya sein Gesicht richtig sehen, zumindest für den kurzen Moment, bevor er die Maske aufsetzte.

Im Grunde hatte sie schon vorher gewusst, wie gutaussehend er war. Allein in diesen tiefblauen Augen konnte sie geradezu versinken.

Ihr fiel angenehm auf, wie umgänglich Leon war. Richtig nett wirkte er.

Als er zu ihnen in die Wohnung kam, hielten alle einen völlig übertriebenen Abstand ein. Der Drucker stand in der hintersten Ecke des Wohnzimmers. Dort hatte ihn Amal am vorherigen Abend extra hingestellt, damit ihn alle benutzen konnten, ohne in sein Homeoffice kommen zu müssen.

„Ich glaube, der Drucker ist nicht mit eurem Internet verbunden“, analysierte Leon innerhalb einer Millisekunde das Problem. „Wurde er vielleicht vor Kurzem ausgeschaltet?“

„Ja, mein Mann hat ihn gestern erst hierher gestellt. Davor muss er den Stecker rausgezogen haben.“

Riya fiel auf, dass ihre Mutter Leon aus sicherem Abstand genau beobachtete.

Hoffentlich fiel ihr nichts Negatives auf, doch das war

praktisch unmöglich.

Leon sah gepflegt aus, war äußerst hilfsbereit und einfach der perfekte Schwiegersohn! Das musste ihrer Mutter doch auch klar sein.

„Das haben wir gleich“, Leon war die Ruhe selbst, „können Sie mir das Passwort für das Internet sagen?“

Sofort tippte er den von Priya genannten Code in das Gerät ein, und schon begann der Drucker zum Leben zu erwecken. Als kurz darauf die gedruckten Blätter erschienen, jubelten alle im Raum.

Priya war wirklich dankbar und tat dies auch kund, vielleicht sogar ein paar Mal zu oft.

Aus dem Augenwinkel hatte Priya die ganze Zeit ihre Tochter beobachtet, wie sie Leon anhimmelte. Ein schöner Name, wie sie fand.

Leider konnte sie zu gut verstehen, was Riya an ihm fand. Er war gutaussehend und noch dazu richtig nett. Sicherlich wurde er von einigen Verehrerinnen angehimmelt.

Doch Priya war noch etwas aufgefallen: die Blicke, mit denen Leon ihre Tochter streifte. Auch sie schien ihm zu gefallen, das sah sie sofort.

Fast fühlte sie sich in die ausweglose Situation von vor dreißig Jahren zurückversetzt, als ihr genau das Gleiche passiert war, wie Riya jetzt.

Nachdem die Mädchen Leon verabschiedet und sich geschäftig ihre Arbeitsblätter aus dem Drucker geholt hatten, bat sie Riya, kurz im Wohnzimmer zu bleiben.

Der Blick, den ihre Tochter ihr hierauf zuwarf, brachte ihr Herz fast zum Schmelzen. Es war diese Verzweiflung, die auch sie kannte, gemischt mit der Angst, was sie nun zu hören bekam.

„Ob du es glaubst oder nicht, aber ich verstehe dich, Riya“, sagte sie dann und musste beinahe lachen über den entgeisterten Blick von Riya. Sie konnte nicht glauben, was ihre Mutter gerade gesagt hatte.

„Was hältst du davon, wenn wir uns kurz in deinem Zimmer unterhalten?“, schlug sie vor.

„Oh nein, Mama, nicht schon wieder so eine Moralpredigt.“

„Ganz bestimmt nicht“, versprach sie und ging voran in Riyas Zimmer, wo sie die Tür hinter beiden verschloss. Dieses Gespräch war nicht für fremde Ohren bestimmt.

„Was gibt es denn?“, wollte ihre Tochter wissen, die sich nicht sicher war, ob sie genervt von der ganzen

Situation sein sollte oder neugierig auf das, was ihre Mutter zu sagen hatte.

„Eigentlich dachte ich, ich nehme diese Geschichte mit in mein Grab, doch nun finde ich, es ist der richtige Zeitpunkt gekommen, sie dir zu erzählen ...“, begann Priya und ihre Tochter konnte kaum glauben, was ihre Mutter zu berichten hatte.

24. LIESE

gab es zwar ungern zu, doch sie war etwas aufgeregt vor ihrer ersten Einladung seit so langer Zeit. Darüber nachzudenken, wann sie das letzte Mal bei Freunden eingeladen war, hatte sie aufgegeben, da es sie zu traurig machte. Es war wirklich sehr lange her ...

Gerade stand Liese vor dem Spiegel und überlegte, was sie anziehen sollte. Sie wollte nicht wie eine alte Oma daherkommen, aber auch nicht zu aufgetakelt wirken.

Sie beschloss, diesen Umstand gleich zum Ausmisten zu nutzen und fand Kleidungsstücke in den hintersten Ecken ihres Kleiderschranks, die sie bereits vergessen hatte.

Nach einer Weile hatte sie zwar einige gut gefüllte Taschen für die Altkleidersammlung, doch immer noch nichts für sich zum Anziehen.

Normalerweise trug sie Sachen für die Hausarbeit, nichts Besonderes, eher unscheinbare Graue-Maus-Kleidung, wenn sie es sich ehrlich eingestand. Bei ihrer täglichen Garderobe war ihr wichtig, dass diese robust war und schmutzig werden konnte. Das war natürlich nichts für eine Einladung zum Kaffeetrinken bei den Nachbarn.

Nach einer weiteren halben Stunde glaubte sie, ein Outfit für den Nachmittag gefunden zu haben: eine dunkelblaue Leinenhose und eine hübsche Bluse mit einem Blumenmuster, die gut zu der Hose passte und ihr ausgezeichnet stand, wie sie fand. Dass sie das Outfit schon seit den achtziger Jahren besaß, musste sie ja niemandem sagen.

Kurz probierte sie die Sachen an und drehte sich vor dem Spiegel, wobei sie sich, zugegeben, etwas albern vorkam. Immerhin passte alles noch, die Hose war zwar etwas knapper am Bund geworden, aber in den nächsten Tagen würde sie sicherlich wie von selbst abnehmen.

Natürlich zog Liese die Sachen wieder aus, damit sie sauber blieben bis zu ihrer Einladung. Bei ihrem Glück hätte sie in Nullkommanichts einen Fleck auf der Bluse.

Sie betrachtete ihr Gesicht genauer. Für ihre neunundsiebzig Jahre hatte sie überraschend wenig Falten. Das feste Bindegewebe hatte sie von ihrer Mutter geerbt. Lediglich die Zornesfalte auf der Stirn war stark ausgeprägt, aber die hatte sie schon mit Mitte dreißig gehabt. Um ihre nach wie vor strahlend grünen Augen hatte sie einige Lachfältchen, wo auch immer diese herkommen mochten, denn in letzter Zeit hatte sie nicht viel zum Lachen gehabt. Auch die Nussknackerfalten in den Mundwinkeln waren bei ihr kaum ausgeprägt.

Trotz der straffen Haut fand sie, dass sie keinen Tag jünger aussah als neunundsiebzig und überlegte, woran das wohl lag. Sicherlich machten die grauen Haare älter, aber auch die hatte sie bereits mit Ende vierzig bekommen und niemals gefärbt. Vielleicht sollte sie heute Nachmittag ausnahmsweise mal etwas Rouge auftragen und Ohrringe anziehen.

Nachdem sie fertig war, stellte sie fest, dass sie ganze drei Stunden damit verbracht hatte, ihren Schrank auszumisten und ihre Aufmachung für den Nachmittag auszuwählen. Wenn sie an den nächsten Tagen weitere Kommoden ausräumen würde, hätte sie in der Quarantäne genug zu tun. Langweilig würde ihr zumindest nicht. Mit ihrer Speisekammer wäre sie vermutlich tagelang beschäftigt.

Das war auch so ein Thema: das Essen für die nächsten Tage.

Mittlerweile war sie heilfroh, dass die Nachbarn ihr das Gulasch vorbeigebracht hatten. Heute Nachmittag würde sie sich dann den Bauch mit Kuchen vollschlagen und so hoffentlich über den Tag kommen.

Bei dem Gedanken, sich bei den Nachbarn durchzufuttern, musste sie lächeln. Überhaupt hatte sie lange nicht mehr so viel gelächelt, wie an den letzten Tagen.

Lieber einen leeren Magen, aber dafür frohgemut, dachte sie und blickte zum vermutlich hundertsten Mal auf ihre Uhr, die sich heute besonders langsam drehte.

Gerade war es erst 13 Uhr. Normalerweise hätte sie um diese Zeit ihre morgendliche Runde gedreht, ein paar Sachen eingekauft und würde nun ihre geliebte Tageszeitung an ihrem Fensterplatz lesen.

Insgeheim fragte sie sich, wann es wohl soweit wäre, dass das Gesundheitsamt oder wer auch immer mit den Tests bei ihnen vorbeikam. Wenn man den Nachrichten glauben konnte, die sie gestern im Fernsehen gesehen hatte, waren diese Coronatests wohl Mangelware, genauso wie die Gesichtsmasken mittlerweile in den meisten Läden vergriffen waren.

Wollte man diese im Internet bestellen, musste man horrende Summen dafür zahlen. Händler verlangten das Zehnfache, wurde berichtet. Eine Unverschämtheit, wie Liese fand, aus dem Leid der Leute Geld herauszuschlagen.

In dem Moment kam ihr eine Idee, da ihr Blick gerade auf die ausgemistete Kleidung fiel. In jungen Jahren war sie eine hervorragende Näherin gewesen. Unzählige Kleidungsstücke hatte sie für sich und Andreas genäht, Heinz hingegen hatte dies immer abgelehnt.

Auch bei den ausgemisteten Stücken waren einige selbstgenähte dabei. Kurzerhand nahm Liese die erste Tasche und schüttete sie wieder auf ihrem Bett aus. Nun suchte sie nach schönen Stoffen, die sie für einen Mund-Nasen-Schutz verwenden konnte.

Kurz darauf fiel ihr eine schwarz-weiße Tupfenbluse in die Hand, die ihr bereits vor zwanzig Jahren zu klein gewesen war. Der Stoff würde sich perfekt für einen Mundschutz eignen. Es war ein nicht allzu durchlässiger Baumwollstoff, der sich gut verarbeiten ließ. Da Liese

Schröder weder einen Computer noch ein Smartphone hatte, um nach einer Nähanleitung zu schauen, nahm sie einfach eine ihrer bereits gekauften Masken als Anleitung.

Liese Schröder fand ihre Idee so großartig, dass sie sich derart flink bewegte, wie schon lange nicht mehr. Im Handumdrehen hatte sie ihre alte Nähmaschine ausgepackt, die bestimmt auch schon fünfzig Jahre auf dem Buckel hatte. Vermutlich war es das erste Modell, das ohne Fußtritt funktionierte. In Nullkommanichts hatte sie den Küchentisch freigeräumt und die Nähmaschine angeschlossen. Zufrieden stellte sie fest, dass sie noch einwandfrei funktionierte, obwohl sie diese bestimmt zwanzig Jahre nicht benutzt hatte. Nach ihren Nähutensilien musste sie etwas länger suchen und fand sie schließlich in der untersten Schublade einer Kommode im Wohnzimmer. Warum sie diese dorthin geräumt hatte und nicht zu der Nähmaschine, blieb ihr ein Rätsel.

Ihr Nähkorb war bestens ausgestattet, darin fand sich eine ganze Sammlung von Knöpfen und Gummibändern in verschiedenen Stärken, die sie für ihr Vorhaben benötigte.

Nach ein paar Probegängen machte sie sich an den ersten Mund-Nasen-Schutz, den sie nach nicht einmal dreißig Minuten fertig genäht hatte.

Vor dem Spiegel probierte sie diese an und war begeistert. Es sah um einiges besser aus, als die langweiligen Dinger, die man im Laden kaufen konnte.

Mit einem Mal verspürte Liese eine bleierne Müdigkeit. Sie hatte sich in den letzten Stunden wohl doch etwas zu viel zugemutet. Daher beschloss sie, sich noch einmal kurz hinzulegen, bevor sie zu ihrem Kaffeeklatsch ging.

25.EMILY

war mehr als aufgeregt wegen der Einladung von Liese Schröder.

Im Grunde hatte sie ein Schachdate für ihren Opa ausgemacht, von dem er noch nichts wusste. Sie war so gespannt, ob dies funktionieren würde, oder ob sich die beiden gleich die Köpfe einschlagen würden. Beides war durchaus vorstellbar.

Auch ihre Mutter hatte sie vorgewarnt, dass ihr Vorhaben genauso gut gewaltig in die Hose gehen konnte.

„Du weißt, dass Opa Fred seinen eigenen Kopf hat. Wenn ihm das nicht passt, dass Liese Schröder hier auftaucht, wird er das klipp und klar sagen. Dann kannst du vergessen, dass er sich gemütlich mit ihr an einen Tisch setzt, um Schach zu spielen."

Als Emily sie hierauf mit großen Augen anblickte, fügte sie noch hinzu: „Ich finde deine Idee ganz klasse, Schätzchen, möchte aber nicht, dass du falsche Erwartungen hast. Liese Schröder ist auch nicht ganz einfach. Aber so gut, wie du alles vorbereitest, wird es bestimmt ein Erfolg“, fügte sie noch besänftigend an.

Emily war dies auch klar, bevor ihre Mutter sie darauf hingewiesen hatte, dass alles ein großer Flop werden könnte. Ehrlich gesagt hatte sie die Einladung schon ein paar Minuten, nachdem sie diese ausgesprochen hatte, bereut, was sie nie zugeben würde.

Auch würde sie nicht verraten, dass sie wegen des Nachmittagskaffees ihre Schulsachen völlig links liegen gelassen hatte. In Deutsch hatte sie schnell ein paar Sätze hingekritzelt und in Mathe nur eine Aufgabe von etwa zehn erledigt. Inständig hoffte sie, Sarah würde dies nicht auffallen, bevor der Besuch da war.

Gerade hatte Opa Fred sich nach dem Mittagessen noch einmal hingelegt, was ein perfekter Zeitpunkt war, um den Tisch auf dem Balkon zu decken. Emily war so bei der Sache, alles richtig zu machen, dass sie sogar den Abstand zwischen den zwei Stühlen am Tisch maß. Dann legte sie eine hübsche grüne Tischdecke darauf und holte das besondere Kaffeeservice aus dem Schrank.

Wenn nicht heute, wann dann, dachte sie sich, während sie den Tisch damit eindeckte. Da die Blumenkästen am Balkon gerade in allen Farben blühten, benötigte sie keine weitere Tischdeko. Emily hatte das Gefühl, dass der kleine Balkon noch nie so schön war wie in diesem Jahr.

In die Mitte platzierte sie gekonnt das Schachspiel mit den bereits aufgestellten Figuren. Sie hoffte sehnlichst, es würde den beiden alten Herrschaften in den Fingern jucken und sie würden gleich anfangen, zu spielen.

Später musste sie nur das Timing so hinbekommen, dass einer von beiden bereits am Tisch saß, sonst würden sie sich vielleicht gar nicht erst hinsetzen. Dann würde sie schleunigst Kaffee einschenken und sie in ein Gespräch verwickeln, in der Hoffnung, dass der Funke überspringen würde. Hiernach wollte Emily sich zurückziehen und von der Küche aus lauschen, was sich tat.

So war zumindest ihr Plan ...

„Das hast du aber gekonnt hergerichtet“, lobte sie Sarah, als sie auf den Balkon blickte.

„Hast du eigentlich deine Hausaufgaben gemacht?“, wollte sie leider als Nächstes wissen.

Wäre Emily ehrlich gewesen, hätte sie antworten müssen: „Die Hausaufgaben habe ich mir noch nicht einmal angeschaut und meine Schulsachen habe ich auch nur äußerst kläglich bearbeitet."

Stattdessen meinte sie schlichtweg: „Nein, noch nicht".

„Dann fang doch mal mit deinen Aufgaben an, bis der Besuch kommt, und heute Abend helfe ich dir mit den Schulsachen, die du nicht fertig gemacht hast", meinte ihre Mutter verständnisvoll. So geduldig kannte sie sie gar nicht, zumindest nicht, wenn es um die Schule ging.

Als in dem Moment das Handy ihrer Mutter klingelte und sie mit einem freudigen „Guten Tag, Herr Schirmer" das Gespräch annahm, war Emily natürlich viel zu neugierig, um sich an den Wohnzimmertisch zu setzen und ihre Hausaufgaben zu machen.

Zwar ging sie ins Zimmer nebenan, klebte aber mit dem Ohr an der Tür, um alles mitzubekommen.

Es ging wieder um die Wohnung unter ihnen. So, wie es sich anhörte, hatte der Vermieter gute Nachrichten. Ihre Mutter ging im Flur auf und ab und sagte immer wieder etwas wie: „Das hört sich ja toll an", „ist das Ihr Ernst?", „das freut mich", „kann ich irgendetwas helfen?", „Sie glauben gar nicht, wie ich mich darüber freue“, „Sie hat der Himmel geschickt.“

Das hörte sich wirklich sehr gut an, fast so, als könnten sie noch heute Abend ihre Sachen packen und in die untere Wohnung ziehen. Doch dem war nicht ganz so, wie Emily als Nächstes erfuhr.

„Wie lange wird das wohl dauern?“, „verstehe ...“, „könnte man das irgendwie beschleunigen?“, löcherte ihre Mutter den Vermieter.

Nachdem sie sich noch etwa fünfzig Mal bedankt hatte, beendete Sarah das Gespräch und setzte sich in die Küche. Natürlich konnte sich Emily nicht zurückhalten und musste sie nun ihrerseits mit Fragen löchern.

In der Küche sah es nach dem großen Backmanöver nach wie vor aus, als hätte eine Bombe eingeschlagen. Alle Schüsseln und Zutaten lagen noch herum, da die Spülmaschine bereits voll war und gerade lief. Dafür standen auf dem Küchentisch ein köstlicher Schokoladenkuchen für das Abendessen und Blaubeermuffins für die Verabredung von Opa Fred.

„Was meint unser Vermieter? Können wir die Wohnung haben?“

„Das habe ich ihn, ehrlich gesagt, gar nicht mehr gefragt, weil ich fest davon ausgehe, dass er sie an uns vermietet. Es geht eher darum, wann wir dort einziehen können. Wie es aussieht, ist es noch viel Arbeit, und Herr Bierbaum fängt nun mit dem Renovieren an."

„Das ist doch super!", jubelte Emily und umarmte ihre Mutter.

„Das stimmt, mein Schatz. Vielleicht sehe ich heute Abend ja diesen Herrn Bierbaum und kann ihn fragen, ob ich etwas helfen kann."

„Ich will auch mithelfen und Opa bestimmt auch!", rief Emily sogleich, wobei sich Sarah nicht sicher war, ob das eine gute Idee war.

26. ALEXANDER

redete nun inzwischen eine ganze Weile mit Engelszungen auf seine Frau ein.

Völlig erschöpft hatte sie sich an den Küchentisch gesetzt und er hatte ihr einen Latte macchiato zubereitet, bei dem er ein besonders schönes Herz in den Milchschaum gezaubert hatte, wie er fand. Allerdings war seine Frau mit einem Milchschaumherz nicht mehr zu besänftigen.

„Wie kannst du mich nur so anlügen?", fauchte Susanne zum wiederholten Mal. Seit sie die Küche betreten hatte, hatte sie nichts anderes gesagt.

„Aber ich habe es dir doch schon hundert Mal erklärt. Ich wollte dich schonen, da du gerade so eine schwierige Phase durchmachst", rechtfertigte er sich erneut.

„Schwierige Phase nennst du das?“, mittlerweile brüllte sie. „Dein Zweitgeborener ist also eine *schwierige Phase* für dich.“

„Nein, das verstehst du falsch“, stammelte Alexander, der langsam das Gefühl bekam, dass Susanne ihn absichtlich missverstehen wollte.

„Was kann man da falsch verstehen?“, knurrte Susanne missmutig. Nebenbei versuchte sie, Louis zu beruhigen, der immer noch quengelte.

„Heute früh war er ganz ruhig ...“, kommentierte sie und blickte Alex dabei an.

„Soll das heißen, ich bin daran schuld, dass er weint?“, wurde nun auch er laut.

„Könnt ihr mal etwas leiser sein?“, zischte Leon, der in die Küche gerannt kam. „Ich habe gerade ein Onlinemeeting und man hört euren Streit bis in mein Zimmer!“

Schon war Leon wieder weg, aber seine Worte hatten gesessen!

Kurz schwiegen sie, alle drei.

„Gut“, meinte Alex, nachdem er einmal tief eingeatmet hatte.

„Ich hole jetzt die Sachen aus dem Keller und bringe sie in die Wohnung. Wenn ich das gemacht habe, kann ich gerne Louis in seinem Laufstall mit in die Wohnung nehmen. Vielleicht macht es ihm ja Spaß, mir zuzuschauen."

Das wagte Susanne zwar zu bezweifeln, aber sie willigte ein.

27. OPA FRED

hatte tief und fest geschlafen, als ihn die Türklingel aufschreckte.

Endlich sind diese dämlichen Tests da, dachte er und machte sich daran, aufzustehen. Er musste zugeben, dass ihn die letzte Nacht sehr geschwächt hatte. Auch vermutete er, dass seine Abgeschlagenheit von den ganzen Medikamenten kam, die er nehmen musste. Bis gestern hatte er gedacht, die meisten davon seien völlig unnötig. Daher hatte er sie öfter weggelassen als eingenommen. Vor allem die Betablocker machten ihm zu schaffen und lähmten ihn geradezu.

Allerdings war ihm klar, dass etwas Antriebslosigkeit nichts im Vergleich zu einem Beinahetod war. Also würde er in Zukunft all seine Medikamente nehmen.

Gerade hatte er sich aufgesetzt und war in seine

Pantoffeln geschlüpft, als er vom Flur her eine Stimme vernahm. Das konnten nur die Fritzen vom Gesundheitsamt sein, die ihnen nun diese ellenlangen Stäbe durch die Nase bis ins Gehirn bohrten. So sah es zumindest im Fernsehen immer aus.

Jedes Mal fragte sich Fred, wohin die Teststäbe verschwanden. Ein bisschen erinnerte es an einen Zaubertrick. Er konnte nicht von sich behaupten, dass er sich auf diesen Test freute, aber wenn das bedeutete, seine Freiheit wiederzuerlangen, nur zu! Er hatte sich fest vorgenommen, in Zukunft das Haus öfter zu verlassen.

Nach der gestrigen Nacht war ihm klar, dass er sich viel zu wenig bewegte. Er nahm sich vor, von nun an täglich eine Runde zu gehen. Er wusste selber nicht, warum er immer nur in der Bude hockte und nicht mal Emily auf ihren Lieblingsspielplatz begleitete oder ein bisschen am Neckar entlangspazierte.

Nachdem er sich gestreckt hatte, war er bereit, den Medizinmenschen gegenüberzutreten. Als er sein Zimmer verließ, rechnete er mit ein oder zwei in weiß gekleideten Mitarbeitern des Gesundheitsamtes, die bereits seine Enkelin und Tochter mit ihren Teststäben traktierten. Doch nichts dergleichen erblickte er.

Vor ihm im Flur stand lediglich Emily, die ihn angrinste wie ein Honigkuchenpferd, sodass man all ihre Zahnlücken sah, wovon sie einige hatte.

„Hallo, Opa, wie schön, dass du wach bist. Wir haben bereits auf dich gewartet“, säuselte sie, was ihm schon etwas verdächtig vorkam. Schließlich machte er jeden Tag seinen Mittagsschlaf und wurde danach nie so begrüßt. Irgendetwas wollte sie von ihm, das stand fest.

„Sind gerade die Leute mit ihren Folterinstrumenten gekommen?“, wollte er ruppig wissen.

„Nein, Vater.“ Nun erschien auch Sarah hinter Emily und hatte das gleiche undurchsichtige Lächeln auf den Lippen.

Während Emily ihn sachte am Arm nahm und Richtung Balkon führte, wetterte Opa Fred: „Welcher Idiot hat denn dann bei uns geklingelt?“ Warum er immer davon ausging, dass nur Idioten bei ihnen klingelten, vermochte er auch nicht zu sagen.

28. EMILY

hatte ihre Mutter offensichtlich mit ihrer Aufregung wegen dem Date für Opa Fred angesteckt. Dies gab Sarah zwar nicht offen zu, doch Emily beobachtete, wie auch sie ständig auf die Uhr blickte. Als es um Punkt 16 Uhr an der Haustür klingelte, standen beide sogleich parat, um diese zu öffnen.

Sofort sah Emily, dass sich Liese Schröder in Schale geschmissen hatte. Sie war schick gekleidet, hatte die Haare zurechtgemacht und trug einen ausgefallenen Mundschutz.

„Du siehst aber hübsch aus", begrüßte Emily sie, „und deine Maske gefällt mir besonders gut."

„Danke. Die habe ich eben selbst genäht."

„Ehrlich? Kannst du mir das auch beibringen?"

„Na klar, es ist ganz einfach."

„Kommen Sie doch rein, Frau Schröder", sagte Sarah, die mit etwas Abstand an der Küchentür stand.

„Das Kaffeetrinken machen wir auf dem Balkon", verkündete Emily, während sie voran lief, „wegen der Viren", fügte sie unnötigerweise noch hinzu.

„Das ist aber ein entzückendes Plätzchen", gab Liese von sich, als sie sich auf den für sie vorgesehenen Platz setzte. Offensichtlich freute sie sich, dass ihr Schachspiel dort aufgebaut war.

Überhaupt schien die Nachbarin völlig ausgewechselt. Richtig guter Dinge war sie heute.

Wenn Emily daran dachte, was für eine Angst sie am vorherigen Tag gehabt hatte, bei ihr zu klingeln, und wie unfreundlich Liese Schröder die Tür geöffnet hatte, war das wirklich eine Wandlung um hundertachtzig Grad.

Ein wenig machte sich Emily Gedanken, weil Opa Fred noch gar nicht von seinem Mittagsschlaf aufgewacht war. Sie wusste, dass er immer recht schlecht gelaunt war, wenn man ihn weckte.

Zum Glück musste sie nicht weiter über dieses Problem nachdenken, da sie ihn in dem Moment aus seinem Zimmer kommen sah.

Schnell sprang sie auf, um ihn auf den Balkon zu locken. Kurz darauf begrüßte ihr Opa Liese Schröder freundlich und konnte seine Überraschung gut verbergen. Opa Fred war halt schon immer ein Pokerface gewesen.

29. FRED BECKER

staunte nicht schlecht, als er den Balkon betrat und sah, wer dort auf ihn wartete. Nun konnte er sich das sonderbare Verhalten seiner Enkelin und Tochter erklären. Dort saß, zugegeben recht adrett zurechtgemacht, der Hausdrachen aus dem Erdgeschoss.

„Ist sie die Treppe hochgekommen oder auf den Balkon geflogen?“, flüsterte er Emily schnell zu, als Anspielung auf seine Drachen- oder Hexentheorie.

Als Emily ihm hierauf in die Seite boxte und ihm „gib ihr eine Chance“ zuraunte, beschloss er, sich zusammenzureißen und seiner Enkelin den Gefallen zu tun, nett zu sein. Wenn er das überhaupt konnte.

„Guten Tag, Frau Schröder“, begrüßte er sie daher freundlich, zumindest für seine Verhältnisse. Noch nie war er der große Charmeur oder Schmeichler gewesen.

Dafür hat er einfach eine zu ungehobelte Natur und war zu ehrlich.

Wäre es nach ihm gegangen, hätte er den Hausdrachen begrüßt mit „Zum Glück tragen Sie einen Mundschutz, dann können Sie wenigstens nicht feuerspeien“, doch er hielt sich gerade noch zurück. Er merkte, dass Emily neben ihm ganz verkrampft war vor Anspannung, wie er reagieren würde. Auch die Blicke seiner Tochter spürte er im Rücken.

„Guten Tag, Herr Becker, das ist ja eine nette Überraschung“, grüßte ihn Liese Schröder, die sich tatsächlich zu freuen schien, ihn zu sehen. Vielleicht war sie aber auch angesichts der unzähligen Muffins, die vor ihr aufgestapelt waren, so guter Laune. Da war sich Fred nicht ganz sicher.

Fürsorglich reichte Emily ihm den Mundschutz. „Eigentlich braucht ihr den hier draußen ja nicht, aber wir sollten noch vorsichtig sein, bis wir die Tests haben.“

„Das kann noch dauern!“, kommentierte ihr Gast mit ihrer üblichen harschen Stimme. Als sie dies merkte, fügte sie schnell: „Aber man weiß ja nie“, an und lächelte ihnen vermutlich zu, was man unter dem Mund-Nasen-Schutz allerdings nicht sehen konnte.

„Macht ihr es euch schon mal bequem, ich bin dann gleich wieder bei euch“, behauptete Emily, während sie Opa Freds Stuhl zurückzog, damit er sich setzen konnte. Ihr Opa sollte bloß nicht auf die Idee kommen, eine Entschuldigung zu finden, um der Situation zu entfliehen, was er wohl liebend gerne gemacht hätte. So gut kannte sie ihn.

Etwas steif setzte Fred sich zu seinem Besuch. Was hatte seine Enkelin da nun wieder ausgeheckt?

Nachdem Emily beiden Kaffee eingeschenkt und dezent auf das Schachspiel hingewiesen hatte, zog sie sich zurück.

Es blieb ihm wohl nichts anderes übrig, als sich mit dem Hausdrachen zu unterhalten. Vielleicht war ein Schachspiel gar keine schlechte Idee.

30. CHARU

konnte ihr Glück kaum fassen, die nächsten Tage nicht in die Schule gehen zu müssen. Charu barg ein trauriges Geheimnis, das sie niemandem anvertrauen konnte, nicht einmal ihrer großen Schwester, geschweige denn ihren Eltern.

Die Zweitklässlerin hasste die Schule mehr als alles andere. Täglich musste sie sich überwinden, dorthin zu gehen und kam nachmittags mit Magenschmerzen wieder nach Hause. Als sie vor drei Jahren nach Deutschland gekommen war und den Kindergarten besucht hatte, hatte es ihr dort ausgezeichnet gefallen. Aufgeschlossen, wie sie war, hatte sie sofort Freunde gefunden und war integriert.

Doch das hatte sich geändert, als sie zur Grundschule wechselte. Der Hauptgrund hierfür war eine Streitigkeit mit ihrer ehemals besten Freundin Maja. Genau konnte sich Charu gar nicht mehr daran erinnern, warum sie sich gestritten hatten, doch das war mittlerweile auch unwichtig, es würde sich sowieso nicht mehr kitten lassen.

Ihrer guten Freundin Maja hatte sie damals anvertraut, dass sie mit einer Fehlbildung geboren war. Nach ihrem Zerwürfnis hatte Maja nichts Besseres zu tun gehabt, als dies in der ganzen Schule herumzuerzählen. Man konnte sich nicht vorstellen, was man aus dem Wort „Hasenscharte“ alles für Schimpfwörter und Gemeinheiten ableiten konnte. Zumindest hätte Charu sich dies nicht vorstellen können, bis sie es am eigenen Leib erfuhr.

Niemals hätte sie gedacht, dass Kinder so grausam sein konnten. Doch das waren sie. Aus dem berühmten Slogan „ein Herz für Kinder“ machten sie „kein Herz für Inder“.

Diesen Spruch hörte sie unzählige Male am Tag. Meistens wurde ihr, während dieser ausgesprochen wurde, noch in die Seite geboxt oder ein Tritt verpasst.

Gerade vor ein paar Wochen hatte ihr ein Klassenkamerad so gemein das Bein gestellt, dass sie gestürzt war und sich den Arm angebrochen hatte.

Immerhin hatte sie dadurch eine Ausrede gehabt, um einen Tag nicht zur Schule gehen zu müssen, was sie ein wenig über die Schmerzen hinweggetröstet hatte. Die seelischen Schmerzen, die sie hierbei davontrug, waren allerdings um einiges gravierender.

Dass der Übeltäter eine Strafe bekam und sogar bei der Schuldirektorin vorgeladen wurde, machte die Sache keineswegs besser, eher schlimmer. Denn nun hatte er tatsächlich einen Grund, sauer auf sie zu sein und seinen Hass an ihr auszutoben. Nur war er von nun an vorsichtiger, passte auf, dass es niemand mitbekam, was die Sache kein bisschen besser machte.

Mittlerweile hatten sich fast alle Freunde von ihr abgewandt. Mit Charu befreundet zu sein, bedeutete ebenfalls gemobbt zu werden. Vermutlich war es reiner Eigenschutz der Kinder, sich auf die andere Seite zu schlagen.

Aus diesem Grund hoffte Charu inständig, die Quarantäne würde noch ewig dauern. Als sie in den Nachrichten hörte, dass die Tests rar waren, hätte sie jubeln können. Inständig hoffte sie, dass ihr Haus als allerletztes auf der Liste des Gesundheitsamts stand, um getestet zu werden.

Ihre Schulaufgaben hatte Charu an diesem Tag in null Komma nichts erledigt. Das war auch ein Grund, warum viele Mitschüler sie nicht mochten. Charu war mit Abstand die Beste in der Klasse. Sie tat dies noch nicht einmal absichtlich, ohne jegliche Anstrengung kassierte sie nur Einsen, in jedem Fach. Kein Wunder, dass ihre Eltern dachten, in der Schule sei alles in Butter.

Zufrieden überflog ihre Mutter die Schulaufgaben und lobte sie. Sonst arbeitete Priya täglich bis 14 Uhr und bekam nicht viel von der Schule mit, außer den guten Noten, die ihre Tochter nach Hause brachte.

Charu konnte nicht sagen, warum sie sich niemandem anvertraute. Ihre Eltern wollte sie damit nicht belasten, da sie wusste, dass sie dies unendlich traurig machen würde. Ihrer Schwester hätte sie sich eigentlich anvertrauen können, hatte aber noch nicht den Mut gefunden.

Im Moment war Riya sowieso mit etwas anderem beschäftigt. Sofort hatte Charu gemerkt, dass ihre Schwester bis über beide Ohren verliebt war. Das ging schon eine ganze Weile so. Daher hatte sie auch die Initiative ergriffen, als sie bei Leon vor der Tür standen.

Alle dachten immer, sie wäre das kleine siebenjährige Mädchen, das von solchen Dingen nichts mitbekam, doch sie bekam einiges mehr mit, als mancher Erwachsener vermutet hätte.

Sicherlich war es nicht in Ordnung von ihr gewesen, das Gespräch am gestrigen Abend zwischen ihrer Mutter und ihrer Schwester zu belauschen. Was sie zu hören bekam, hatte sie fast umgehauen. Ihre Mutter schien damals um einiges rebellischer gewesen zu sein, als Riya heute. Sogar abgehauen war sie, was Charu kaum glauben konnte.

Im Gegensatz dazu war ihre Schwester ja lammfromm. Überhaupt wunderte sie sich, dass sich Riya nicht mehr widersetzte. Wäre sie so alt wie Riya und verliebt, würde sie dies sicher tun, doch das behielt sie lieber für sich.

„Wollen wir schon mal den Tisch in den Hausflur stellen?“, fragte sie ihre Mutter, nachdem diese ihre Schulsachen durchgelesen hatte.

„Es ist zwar noch ein bisschen früh, aber warum nicht?“

Hierauf nahmen die beiden gemeinsam den Küchentisch, um diesen in den Hausflur zu stellen und alles für den heutigen Abend vorzubereiten. Als sie die Haustür öffneten, sahen sie allerdings Herrn Bierbaum und seinen Sohn zwei riesige Pakete die Treppe hochschleppen.

„Es ist wohl kein guter Zeitpunkt, um den Tisch rauszustellen?“, rief Priya den beiden zu.

„Wir brauchen noch etwa eine halbe Stunde. Reicht Ihnen das?“, fragte ihr Nachbar, der hörbar außer Atem war.

Exakt dreißig Minuten später linste Charu erneut auf den Flur, um zu sehen, ob die Bierbaums fertig waren mit ihrem Umräummanöver.

Diesmal konnte ihr ihre Schwester helfen, die mittlerweile auch ihr Homeschooling erledigt hatte. Gemeinsam stellten sie den Tisch vor die Tür, der sich praktischerweise ausziehen ließ. Ausgezogen konnten gut zehn Personen daran sitzen, allerdings brauchten sie gar nicht so viel Platz für ihr Buffet, das recht überschaubar war.

Liebevoll deckten sie den Tisch mit einer bunten Tischdecke mit typisch indischem Muster, Kerzen und einem kleinen Blumenstrauß von ihrem Balkon. Dann schoben sie einen Stuhl in die Ecke des Hausflurs, falls sich eine ältere Person setzen wollte. Konkret dachten sie dabei an die unfreundliche Frau von unten, sollte diese wider Erwarten doch erscheinen, um ihr Essen zu probieren.

Auf der Treppe verteilten sie in dem gegebenen Abstand Sitzkissen. Die Vorstellung, dass sich einige Nachbarn hier aufhalten und sogar hinsetzen würden, um ihr Curry zu essen, stimmte sie fröhlich. Doch sicherlich würde alles ganz anders kommen.

Was auch passieren würde, sie waren vorbereitet.

31. EMILY

hatte, wie geplant, Opa Fred und Liese Schröder alleine gelassen und war nun in der Küche, um zu lauschen, was passierte. Sarah stand dicht hinter ihr und hatte ebenfalls die Ohren gespitzt. Mittlerweile schien ihr die Idee ihrer Tochter richtig gut zu gefallen.

Erst herrschte eine Weile Stille und sie hörten nur ein gelegentliches Räuspern und das Klappern des Geschirrs.

„Sie machen sich über die Muffins her“, flüsterte Sarah ihr ins Ohr und beide mussten kichern.

„Wie sieht es aus? Haben Sie Lust auf eine Runde?“, ertönte kurz darauf Opa Freds Stimme.

„Nichts lieber als das!“, antwortete Liese und man konnte die positiven Schwingungen förmlich bis in die Küche spüren.

Kurz umarmten sich Emily und ihre Mutter vor Begeisterung, dass der Plan tatsächlich aufging, dann begaben sie sich wieder in ihre Lauschposition.

„Na, das ist ja mal eine gewagte Eröffnung“, vernahm sie kurz darauf von ihrem Opa und konnte ihm die Begeisterung in der Stimme anhören.

„Ich hätte nicht gedacht, dass ich mich an die Spielregeln erinnern kann. Ich glaube, ich habe das letzte Mal vor dreißig Jahren gespielt.“

„Schachspielen verlernt man nicht, das ist wie Radfahren“, behauptete Opa Fred, „wo haben Sie es denn gelernt?“, wollte er noch wissen.

„Ich habe das Schachspiel meinem Sohn zu seinem zehnten Geburtstag geschenkt, das war vor ziemlich genau zweiunddreißig Jahren. Da ich sein einziger Spielpartner war, musste ich es gezwungenermaßen lernen“, erklärte Liese fröhlich.

„Aber dann könnten Sie doch Ihren Sohn mal wieder herausfordern“, schlug Fred vor.

„Naja, das ist nicht so einfach“, druckste Liese ein wenig herum, „leider haben wir seit ein paar Jahren kaum noch und in letzter Zeit gar keinen Kontakt mehr.“

Ihre Ehrlichkeit überraschte sie selbst.

„Das tut mir leid“, bedauerte Opa Fred. Was sollte er auch anderes dazu sagen? Man konnte Liese die Traurigkeit in der Stimme anhören.

„Vielleicht ist sie deswegen immer so schlecht gelaunt und unfreundlich“, flüsterte Emily ihrer Mutter in der Küche zu.

„Da könntest du recht haben“, antwortete diese und beide horchten weiter. Den Kontakt zu seinem eigenen Kind zu verlieren, musste furchtbar sein.

„Da verpasst Ihr Sohn aber was, Sie sind eine ganz hervorragende Spielerin, das sehe ich gleich“, versuchte Opa Fred, sie wieder aufzumuntern.

„Das sagen Sie doch nur so ...“, meinte Liese, und man konnte ihr förmlich anhören, wie sie rot anlief.

„Ist Liese eigentlich Ihr richtiger Name oder eine Abkürzung?“, probierte sich ihr Opa im Smalltalk.

„Ich heiße Elisabeth. Und woher kommt Fred?“

„Von Fridolin.“

Hierauf mussten beide lachen. Mit diesem Namen hatten ihm seine Eltern wirklich einen Streich gespielt, wie Opa Fred fand. Vermutlich waren ihnen die Namen ausgegangen, da er der Jüngste von acht Kindern war.

Als er seine Theorie Liese erklärte, amüsierte sich diese prächtig darüber.

Überhaupt schienen die beiden viel Spaß bei dem Spiel zu haben. Ab und zu hörte man sie lachen oder über einen Zug diskutieren. Emilys Plan war voll aufgegangen, die Verabredung lief ohne ihr Zutun.

Hierauf ging sie zu den Schachspielern auf den Balkon und behauptete, noch Aufgaben für die Schule machen zu müssen, und entschuldigte sich. Im Grunde war das ja gar keine Ausrede, sondern stimmte, wobei Emily alles andere als Lust auf Schule hatte. Sie hätte den beiden noch ewig zuhören können.

An diesem Nachmittag waren alle so beschäftigt, dass sie beinahe die Zeit vergessen hätten. Emily las gerade in dem unendlich langweiligen Buch für den Deutschunterricht, als sie ihre Mutter aus der Küche rufen hörte: „Es ist schon fünf nach sieben!“

Das Essen!, kam es Emily sofort in den Sinn und sie sprang auf.

Opa Fred und Liese saßen immer noch auf dem Balkon und spielten Schach. Es war ihre dritte Runde. Das Entscheidungsspiel.

Die erste Runde hatte Opa gewonnen, die zweite sogar

Liese, wobei sich Emily nicht sicher war, ob ihr Opa da nicht ein Auge zugedrückt und sie hatte gewinnen lassen. Schließlich wollte er seinen einzigen Schachpartner nicht gleich wieder vergraulen. Emily konnte man als solchen ja noch nicht bezeichnen, da sie das Spiel erst lernen musste.

„Kommt ihr?“, rief Sarah in Richtung Balkon, wo sie nur ahnungslose Blicke erntete.

„Warum denn auf einmal diese Eile?“, wollte Opa Fred unschuldig wissen, der wegen seiner Schwerhörigkeit mal wieder nur die Hälfte mitbekommen hatte.

„Na, wir sind doch zu dem indischen Essen eingeladen“, erinnerte Emily, die sich ärgerte, dass sie dies beinahe verschlafen hätte.

„Ich glaube, das schmeckt mir sowieso nicht“, entgegnete Liese wie ein Kleinkind.

„Es wäre doch unhöflich, wenn wir nicht hingehen“, sagte Emily mit einer Ehrlichkeit, wie sie nur Kinder an den Tag legen konnten.

„Da hast du recht“, pflichtete Sarah ihr bei, die versuchte, ihren Vater mit strengen Blicken dazu zu bewegen, endlich aufzustehen.

„Na gut, dann schauen wir mal, was es da unten gibt“, gab sich dieser geschlagen, allerdings nicht beim Schach, „die Figuren lassen wir so stehen“, meinte er an seine Gegnerin gewandt.

„Wir gehen schon mal vor. Es ist sowieso besser, dass dort nicht zu viele Leute herumstehen“, schlug Sarah vor und nahm Emily bei der Hand.

Nachdem sie die Wohnung verlassen hatten, flüsterte Sarah ihr noch einmal zu: „Das mit dem Schachspiel war eine geniale Idee von dir!“

Als sie im zweiten Stockwerk ankamen, waren sie die Ersten, oder andere Nachbarn hatten sich ihre Portionen bereits abgeholt, das konnte natürlich auch sein. Die Blicke der beiden Schwestern sagten allerdings, dass sie schon länger auf ihre Gäste warteten.

Es war Balsam für die Seele, wie liebevoll sie alles hergerichtet hatten. Sogar an gemütliche Sitzplätze hatten sie gedacht. Opa Fred würde sich sicherlich über den Stuhl in der Ecke des Flurs freuen.

„Ihr seid die Ersten“, bestätigte Riya ihre Vermutungen.

„Ich habe einen Kuchen zum Nachtisch gebacken“, erklärte Emily und stellte diesen zu den anderen Speisen.

„Der sieht aber lecker aus!“, meinte das jüngere Mädchen.

Als Emily sie anschaute, fiel ihr wieder ein, dass sie auf dieselbe Schule ging wie sie. Dadurch dass die unterschiedlichen Klassen zu verschiedenen Zeiten Pause hatten, kannte man die Kinder aus den niedrigeren oder höheren Jahrgängen nicht besonders gut, nur vom Sehen.

Bei Charu kam ihr allerdings sofort ein Bild vor Augen. Wie diese völlig alleine und traurig auf dem Schulhof stand, das hatte sie schon ein paarmal von ihrem Klassenzimmer aus beobachtet. Noch nie hatte sie ihre Nachbarin fröhlich in der Schule erlebt.

Sollte sie das Mädchen darauf ansprechen? Schließlich war sie gerade zur Streitschlichterin ihres Jahrgangs gewählt worden und somit dafür zuständig, dass sich die Kinder in der Pause nicht die Köpfe einschlugen, wie Opa Fred es ausgedrückt hätte. Sollte das Mädchen ein Problem haben, könnte sie sich durchaus auch für eine Zweitklässlerin einsetzen. Sie beschloss, sie darauf anzusprechen, wenn sich die Gelegenheit ergab.

„Ich kenne dich aus meiner Schule. Du bist doch in der zweiten Klasse. Wie heißt du denn?“, begann Emily erst einmal, das Eis zu brechen.

„Ich heiße Charu“, antwortete diese und lächelte sie an. Man konnte ihr ansehen, wie verblüfft sie war, dass Emily sie erkannt hatte und so direkt ansprach. Doch es war nicht nur Überraschung, die man ihrem Blick entnehmen konnte, sondern noch etwas anderes: Hoffnung.

Augenblicklich war Emily klar, dass Charu ihre Hilfe gebrauchen konnte.

32. LIESE

hatte selten so viel Spaß gehabt wie an diesem Nachmittag.

Fridolin Becker war tatsächlich ein ausgezeichneter Schachspieler, so wie sie das beurteilen konnte. Andreas hätte seine wahre Freude daran gehabt, mit ihm zu spielen.

Die Frage nach ihrem Sohn von ihrem Schachgegner hatte sie kurz traurig gestimmt. In den letzten vierundzwanzig Stunden war einiges passiert und sie hatte viel über sich selbst nachgedacht.

Mittlerweile sah sie die Schuld, dass Andreas nichts mehr mit ihr zu tun haben wollte, fast ausschließlich bei sich selbst. Ein bisschen war natürlich auch Diana daran schuld. Sie hatte schon immer einen Keil zwischen sie und ihren Sohn treiben wollen.

Aber hatte sie das wirklich? Dessen war sich Liese mittlerweile gar nicht mehr sicher.

Zum Glück lenkte sie das Schachspiel wieder von den unliebsamen Gedanken ab. Fridolin oder Fred, wie ihn allen nannten, ließ sie zwar das erste Spiel eröffnen, konterte aber gleich mit einem trickreichen Zug, der ihr zeigte, dass sie auf der Hut sein musste.

Nachdem sie das erste Spiel, wie sie fand, haushoch verloren hatte, wollte sie Fridolin diese Genugtuung bei der zweiten Runde nicht geben.

Tatsächlich gewann sie diese, wobei sie sich nicht sicher war, ob ihr Gegenüber lediglich etwas unkonzentriert war oder sie hatte absichtlich gewinnen lassen. Das würde sie bald herausfinden, denn schon jetzt war klar, dass dies nicht die letzte Schachrunde war, die sie spielten.

Etwas, das ihr beim Schachspielen besonders gefiel, war, dass man gar nicht merkte, wie die Zeit verging.

So war sie ehrlich überrascht, als Sarah sie darauf aufmerksam machte, dass sie bereits fünf Minuten zu spät für die Einladung der Nachbarn waren.

„Eigentlich mag ich indisches Essen gar nicht“, gestand sie Fred, nachdem Sarah und Emily die Wohnung verlassen hatten.

„Sehr gut. Dann bin ich nicht der Einzige“, meinte er und bot ihr seinen Arm an, damit sie besser aufstehen konnte. Mit den alten Knochen längere Zeit auf den weichen Kissen zu sitzen, hinterließ seine Spuren.

„Ehrlich gesagt, weiß ich gar nicht, ob ich dort überhaupt hingehen soll. Ich mag dieses scharfe Zeug wirklich gar nicht“, brachte sie ihre Bedenken noch klarer zum Ausdruck.

„Vielleicht können wir einen Teller mit einer kleinen Rentnerportion mitnehmen und dann in unserer Wohnung entsorgen“, schlug Fred vor, was Liese gefiel. Das war eine gute Idee, genauso würde sie es machen.

Fridolin Becker ging voraus und als sie im zweiten Stockwerk ankamen, standen dort schon Emily und ihre Mutter mit reichlich gefüllten Tellern. Als sie die beiden kommen sahen, machten sie Platz und setzten sich auf die dafür vorgesehenen Kissen auf der Treppe.

Zugegeben hatte sich Familie Shan große Mühe gegeben und alles schön hergerichtet. Man hätte nicht meinen können, dass ein Hausflur so gemütlich sein konnte.

„Was gibt es denn Gutes?“, brüllte Fred noch lauter als

sonst, da er seinen Mundschutz trug. Liese war schon beim Schachspielen aufgefallen, dass er nicht mehr besonders gut hörte. Vermutlich war er zu eitel, um ein Hörgerät zu tragen, wie sie selbst.

„Lasst mich raten: Froschschenkel mit Fledermäusen in einer scharfen Soße", scherzte er etwas plump.

„Opa!"

„Papa!", kam es entsetzt von ein paar Treppenstufen weiter unten.

„Das wären die Zutaten für die Variante mit Fleisch", konterte Riya äußerst gekonnt und lächelte ihn an, „das hier ist allerdings vegetarisches Curry mit Kartoffeln, Blumenkohl und Tomaten, extra wenig scharf."

„Das hört sich tatsächlich gut an. Ich probiere erst mal eine kleine Portion", erwiderte Opa Fred artig.

„Es schmeckt köstlich", rief Emily von unten herauf, was er allerdings nicht zu hören schien.

„Für mich dasselbe, bitte", orderte Liese lammfromm, nachdem Opa Fred sich mit seiner überschaubaren Portion etwas zur Seite gestellt hatte. Als auch sie einen kleinen Klacks von dem Currygericht mit etwas Reis auf ihrem Teller hatte, bot ihr Fridolin zuvorkommend den Stuhl in der Ecke an.

„Vielen Dank, aber ich habe gerade genug gesessen“, meinte sie und zwinkerte ihm zu.

Was ist denn mit mir los?, kam es ihr erschrocken in den Sinn. Wieder war sie von sich selbst überrascht. Flirtete sie etwa mit dem Nachbarn?

Dabei war Fridolin Becker gar nicht ihr Typ. Er wirkte ein bisschen ungepflegt und stets schlecht gelaunt, das mochte sie nicht. Wobei es mit ihrer Laune auch nicht weit her war, wie ihr langsam klar wurde. Aber das sollte von nun an der Vergangenheit angehören.

Sie überlegte, ob sie, wie geplant, den Teller mit in ihre Wohnung nehmen sollte, um das Essen dort zu entsorgen. Aus dem Augenwinkel beobachtete sie, wie Fred dies anging.

Tatsächlich nahm dieser eine kleine Portion auf seinen Löffel und probierte das Curry. Gespannt wartete sie auf seine Reaktion. Als er gleich darauf einen weiteren Löffel versuchte, war sie überrascht. Nachdem er dann noch meinte: „Schmeckt wirklich hervorragend!“, probierte auch sie.

Fred hatte recht. Dieses Curryzeug schmeckte in der Tat gut. Gar nicht so scharf und penetrant, wie sie sich vorgestellt hatte. Sie war angenehm überrascht und als sie dies kundtat, konnte sie sehen, wie sehr sich die indische Familie freute. Zu viert standen sie mittlerweile hinter ihrem Tisch und warteten die Reaktionen der Gäste ab.

„Es ist schön, Sie alle mal näher kennenzulernen, auch wenn es momentan mit Abstand und Gesichtsmasken ist“, meinte der Familienvater und stellte eine Kanne dampfenden Tee auf den Tisch.

Erst als sie das schreiende Baby hörte, bemerkte Liese, dass noch eine Familie aus dem Haus fehlte. Als in dem Moment Susanne Bierbaum die Treppe herabkam, fiel ihr als Erstes auf, wie mitgenommen diese aussah. Auch das Baby sah sie zum ersten Mal richtig, sonst hatte sie immer nur durch ihren Türspalt beobachtet, wie es aus dem Kinderwagen genommen oder hineingelegt wurde. Dabei hatte es meistens ein Mützchen auf und war noch in eine Decke gehüllt. Von dem Kind war kaum etwas zu erkennen. Sie hatte noch nicht einmal gewusst, ob es ein Bub oder ein Mädchen war. Nun erkannte sie gleich, dass es ein Junge war, und musste automatisch wieder an Andreas denken.

Auch das Kind sah unglücklich aus. Es weinte, als hätte es Schmerzen. Als Liese die beiden genauer betrachtete, taten sie ihr leid. Etwas beschämt realisierte sie, dass sie immer nur rein egoistisch an ihren eigenen Schlaf gedacht hatte, wenn das Kind sich die Seele aus dem Leib brüllte. Keine Sekunde hatte sie darüber nachgedacht, wie schlecht es dem Baby und den Eltern dabei ging. Sie nahm sich vor, einige aufmunternde Worte zu Frau Bierbaum zu sagen, wenn es sich anbot.

Langsam wurde Liese klar, dass sie erstmal vor der eigenen Tür kehren sollte, bevor sie sich über andere beschwerte.

33. SUSANNE

fühlte sich zwar gar nicht nach indischem Essen, wollte aber nicht unhöflich sein und trotzdem bei den Nachbarn vorbeischauen. Ihre Männer waren den ganzen Tag beschäftigt. Offensichtlich machte es Leon Spaß, seinem Vater in der Wohnung zu helfen, und, was noch wichtiger war, der neue Job war diesmal keine Lüge.

Trotzdem konnte Susanne ihrem Mann nicht verzeihen, dass er sie über die letzten Wochen ständig angelogen hatte. Alleine, dass er lügen konnte, ohne rot zu werden, bereitete ihr Bauchschmerzen. Natürlich überlegte sie jetzt, wann er ihr noch Lügen aufgetischt hatte. War er letzten Sommer tatsächlich so oft beim Skatabend gewesen, angeblich auch noch mit Matze? War die Reise nach Italien kurz vor Weihnachten wirklich, um dort zu einer sensationellen Auktion für seinen

Antikladen zu gehen?

All dies stellte sie mittlerweile infrage. Dieses Thema würde sie noch lange begleiten und ein Streitpunkt sein, aus dem einfachen Grund, dass sie ihm nicht mehr traute.

Nachdem Louis an diesem Morgen noch einmal eingeschlafen war und gegessen hatte wie ein Weltmeister, hatte sie auf die ersehnte Kehrtwende in seiner Entwicklung gehofft. Die Kinderärztin hatte ihr die winzige Hoffnung gegeben, dass das Weinen mit einem der vielen Wachstumsschübe in diesem Alter von einem Tag auf den nächsten aufhören könnte.

Doch gegen Mittag begann er wieder quengelig zu werden. Susanne tat es in der Seele weh, ihr schreiendes Kind zu sehen, das sich offensichtlich unwohl fühlte und wahrscheinlich Schmerzen hatte.

In einem ihrer vielen Mutter- und Kindkurse hatte sie gelernt, dass Babys sich meist nur beschwerten, wenn sie etwas störte oder wenn ihnen etwas fehlte. Bei vielen Kleinkindern stimmte das auch, sie meldeten sich nur, wenn sie Hunger hatten, die Windel voll war, sie müde waren oder Bauchweh plagte. So war es damals auch bei Leon gewesen. Schnell hatten sie den Grund für seine Quengelei herausgefunden und beseitigen können. Kurz darauf war er meist friedlich eingeschlafen. Dies war dem armen Louis leider verwehrt.

Gerade stand Susanne auf dem Treppenabsatz und blickte zu dem improvisierten Buffet hinunter. Es war erstaunlich, was die indische Familie innerhalb so kurzer Zeit auf die Beine gestellt hatte. Eigentlich war sie davon ausgegangen, dass ihre Männer bereits hier wären und sich die Bäuche vollschlugen, doch anscheinend hatten sie in ihrem Arbeitswahn die Zeit vergessen.

„Guten Abend allerseits“, begrüßte Susanne die Nachbarn mit lauter Stimme, um den weinenden Louis zu übertönen, den sie auf dem Arm trug.

„Möchten Sie etwas probieren?“, wollte Riya höflich wissen.

„Ja, ich würde gerne erst mal einen Tee nehmen“, antwortete Susanne, die gar keinen Hunger hatte.

„Möchte der Kleine vielleicht an einem Stück selbst gemachtem Naan-Brot knabbern?“

„Ich bin mir nicht sicher ...“, das war sich Susanne tatsächlich nicht. Sie hatte keine Ahnung, woraus das Brot gemacht war.

„Die Zutaten sind lediglich Weizenmehl, Hefe, Wasser, etwas Olivenöl und Salz“, schien Riya ihre Gedanken zu lesen.

Susanne beschloss, es zu wagen. Dann wäre Louis zumindest mit etwas beschäftigt, denn all seine Rasseln und Beißringe hatte er vorhin wütend weggeschleudert.

Tatsächlich verstummte Louis erst einmal vor Überraschung, als sie ihm das runde Fladenbrot in die Hände drückte. Seine Reaktion war so niedlich, dass alle darüber lachen mussten.

Nur einen Augenblick später hatte Louis das Brot im Mund und knabberte daran. Ihm schienen die Konsistenz und die Temperatur des frischgebackenen Brots zu gefallen.

Susanne atmete hörbar auf und setzte sich auf eines der Kissen auf der Treppe. Wieder einmal war sie sehr angespannt und hoffte, dass sie dieses kleine Get-together ein wenig genießen konnte. Sie war angenehm überrascht, dass so viele Nachbarn erschienen waren. So, wie es aussah, alle, außer ihren beiden Männern. Diese schienen vor lauter Renovieren die Zeit völlig vergessen zu haben.

Im Flur vor dem Buffet standen mit etwas Abstand der ältere Herr, der seit Neuestem oben wohnte, und die grimmige Dame aus dem Erdgeschoss. Aus irgendeinem Grund schienen sich die beiden bestens zu verstehen und unterhielten sich angeregt. Aus den Wortfetzen, die sie entnehmen konnte, redeten sie über Schach.

Nun beobachtete sie, wie Sarah Becker zum Buffet ging, um sich ebenfalls einen Tee zu holen. Frau Becker war ihr sympathisch, obwohl sie noch nie mit ihr gesprochen hatte. Gerade lächelte ihr diese aufmunternd zu.

„Meine Männer sind in der Wohnung beschäftigt. Ich habe gehört, dass Sie dort einziehen werden", begann sie daher ein Gespräch.

„Ja, genau. Ich wollte in diesem Moment fragen, ob Ihr Mann bereits mit der Renovierung begonnen hat und ich mir die Wohnung mal anschauen könnte."

„Natürlich. Die beiden sind gerade dort und scheinen vor lauter Arbeit die Zeit vergessen zu haben, wofür ich mich entschuldige", fügte sie an die Gastgeber gewandt hinzu.

Nun kam Frau Becker etwas näher und stellte sich an den Anfang der Treppe, auf der sie saß.

Susanne hatte bereits an ihren Blicken gemerkt, dass sie überlegte, etwas wegen Louis zu sagen. Meist reagierten Mütter äußerst empfindlich, wenn Fremde ihnen Ratschläge gaben. Sie selbst hatte allerdings nichts dagegen, wenn sie jemand darauf ansprach, ganz im Gegenteil, war sie dankbar für jeden Tipp.

„Haben Sie es schon mal mit Massage probiert?“, wollte sie von ihr wissen. Susanne spürte, dass sie sich langsam herantastete. Da sie wusste, dass ihre Nachbarin Krankenschwester war, war sie sogar froh über jegliche Ratschläge.

„Ja, ich habe einen Kurs in Babymassage gemacht und es bei Louis probiert, aber er scheint es nicht zu mögen.“

„War es warm genug? Oft mögen die Kinder nicht, wenn es bei der Massage zu kalt ist.“

„Ja, wir haben sogar eine Wärmelampe über dem Wickeltisch.“

„Wenn Sie wollen, könnte ich es mal probieren, ich hatte mich in meiner Ausbildung auf Kleinkinder spezialisiert und schon viel mit ...“ Susanne merkte, dass sie nach dem richtigen Wort suchte, denn auch sie fand, dass sich der Begriff „Schreibaby“ furchtbar anhörte.

„Sorry, dass wir so spät sind“, wurden sie in dem Moment von Alexander unterbrochen, der mit Leon die Treppe runtergepoltert kam.

„Kein Problem!“ Riya lächelte charmant.

„Ich hole noch schnell die Teller“, sagte Alex und

drehte sich auf dem Absatz wieder um. Währenddessen ging Leon bereits zum Buffet und schaute sich an, was es zu essen gab. Zumindest dachte das Susanne erst, doch dann bemerkte sie, dass er nur Augen für die ältere Tochter hatte.

„Das riecht echt lecker. Und das Curry ist vegetarisch?“, begann er ein Gespräch mit ihr. Sogar aus ein paar Metern Entfernung, konnte Susanne erkennen, dass das Mädchen ein wenig rot anlief, und auch Leon trat von einem Fuß auf den anderen, ein eindeutiges Kennzeichen, dass er nervös war.

Mit einem Schlag wurde Susanne klar, dass ihr Sohn verliebt war. Verliebt bis über beide Ohren!

34. SARAH

war froh, dass sie ihre Nachbarin auf Louis angesprochen hatte. Schon öfter hatte sie überlegt, ob sie ihm helfen könnte, als sie ihn hatte weinen hören, was sehr oft war.

Es gab unzählig viele Gründe, warum manche Kleinkinder so viel schrien, dass selbst die Eltern und die meisten Ärzte nicht darauf kamen, was das Problem war. Meist erledigte sich dieses dann von selbst. Doch Sarah wusste, dass man mit Ernährung und regelmäßiger Bauchmassage einige dieser Leiden reduzieren konnte.

Gerade war sie Susanne in deren Wohnung gefolgt, um bei Louis ihre Methode anzuwenden.

„Das ist aber ein hübsches Kinderzimmer", kommentierte sie den liebevoll dekorierten und nicht zu überladen wirkenden Raum. Sarah fragte sich, ob ihre

Wohnung genau dieselbe Aufteilung haben würde. Dann wäre dieser Raum vermutlich etwas für Opa Fred.

Susanne war vorausgegangen und hatte bereits die Wärmelampe über dem Wickeltisch angeschaltet und Louis darauf gelegt, um ihm sein Oberteil auszuziehen.

„Für die Babymassage habe ich parfümfreies Calendula Pflegeöl", erklärte Susanne, während sie versuchte, dem quengelndem Louis den Schnuller zu geben, den dieser immer wieder ausspuckte.

„Das ist genau das richtige Öl", meinte Sarah, die inständig hoffte, dem Kleinen helfen zu können.

„Möchten Sie übernehmen?", fragte Susanne und trat einen Schritt zur Seite, während sie Louis noch festhielt.

„Gerne. Von mir aus können wir uns auch duzen." Sarah lächelte ihr zu, was man unter dem Mundschutz vermutlich nicht sehen konnte.

„Gute Idee."

Susanne war ihrer Nachbarin unendlich dankbar, dass sie ihr Glück bei Louis versuchen wollte. Zwar hatte sie mittlerweile sehr viel probiert, um ihm zu helfen, dass sie die Hoffnung fast aufgegeben hatte, aber das würde sie in dem Moment für sich behalten.

Während seine Mutter ein paar Schritte zur Seite ging,

blickte Louis verwundert auf das neue Gesicht, das vor ihm auftauchte. Der Mund-Nasen-Schutz machte es nicht gerade einfach, sein Vertrauen zu gewinnen, aber Sarah redete erst einmal ruhig auf ihn ein.

Kurz ließ sich Louis davon ablenken, bevor er wieder sein Naan-Brot in den Mund nahm, um daran zu knabbern. Nur ein paar Sekunden später weinte er wieder. Es war offensichtlich, dass er Schmerzen hatte.

Langsam wärmte sich Sarah ihre Finger, indem sie das Öl darin verrieb und begann mit ihrer Massage. Sie wusste aus Gesprächen mit Eltern, dass diese die Massage meist etwas zu zurückhaltend machten, da sie Angst hatten, ihrem Baby weh zu tun, sie nicht lange genug durchführten oder beides.

Haargenau erklärte sie Susanne jeden ihrer Schritte, die sie aus etwas Entfernung beobachtete.

Nach etwa fünf Minuten wurde Louis' Quengeln bereits weniger, nach zehn hörte er ganz auf und Sarah konnte ihm seinen Schnuller geben, an dem er zufrieden nuckelte. Nach nur fünfzehn Minuten war er friedlich eingeschlafen, während Sarah ihm noch sanft über den Bauch strich.

„Das gibt es doch nicht. Sie sind ... äh ... du bist eine

wahre Wunderheilerin.“

„Überhaupt nicht“, sagte Sarah lachend, „dies wird ihm nur vorübergehend Linderung bringen, aber vielleicht ist er so erschöpft, dass er einige Stunden schläft. Ich glaube, er hat eine Unverträglichkeit gegen bestimmtes Essen. Hast du da mal drüber nachgedacht?“

„Ja, eigentlich schon. Mir ist aufgefallen, dass ihm der Haferbrei heute Morgen besonders gut geschmeckt hat.“

„Dann würde ich ihm die nächsten Tage nur diesen Brei geben, nichts anderes. Es könnte eine Milcheiweiß-Unverträglichkeit und ein dadurch ausgelöster Säure-Reflux, also Sodbrennen, sein.“

„Du bist eine Heldin“, flüsterte Susanne, um Louis nicht zu wecken. Am liebsten hätte sie Sarah umarmt.

„Das muss ich sofort Alex erzählen“, meinte sie als Nächstes. Ihren Streit hatte sie vor lauter Freude völlig vergessen.

„Kannst du jetzt bitte öfter vorbeikommen, um Louis zu massieren?“

„Gerne!“, stimmte Sarah lächelnd zu.

Vorsichtig trug Susanne Louis hierauf in sein Zimmer und legte ihn wie ein rohes Ei in sein Bettchen. Nachdem sie das Babyphone eingeschaltet hatte, schlug sie an Sarah gewandt vor: „Lass uns deine neue Wohnung anschauen!"

Kurz darauf betraten die beiden Frauen die Wohnung im oberen Stockwerk, die bereits vollgestellt war mit den Sachen für die Renovierung.

„Du glaubst nicht, was passiert ist", begrüßte Susanne ihren Mann und gab ihm einen Kuss, was diesen zu überraschen schien. Zumindest schaute er ziemlich verdutzt aus der Wäsche.

„Unsere Nachbarin Sarah hat Louis eine magische Massage verpasst und jetzt schläft er wie ein Baby ... also, wie normalerweise ein Baby schläft", fügte sie noch lachend an.

„Das ist ja beeindruckend, wie haben Sie das geschafft?", staunte Alex.

„Wir haben beschlossen, uns zu duzen. Das ist Sarah", erklärte seine Frau.

„Sarah, du scheinst wahre Wunderhände zu haben", applaudierte er und beide Eltern lauschten kurz auf das gleichmäßige Atmen aus dem Babyphone.

„Und ich bewundere deine Hände, weil sie so tolle Dinge in meiner neuen Wohnung vollführen", konterte

Sarah amüsiert.

„Ja, prima, dass du hier bist, dann können wir ein paar Sachen besprechen."

Hierauf konnte sich Sarah ihre neue Wohnung erstmal in Ruhe anschauen und war gleich begeistert, obwohl diese noch in einem etwas desolaten Zustand war. Die paar Quadratmeter mehr und die geraden Wände ließen ihr neues Zuhause um einiges größer erscheinen, als ihr vorheriges.

Langsam betrachtete sie die einzelnen Zimmer und Alex erklärte ihr, was Herr Schirmer ihm aufgetragen hatte, zu renovieren.

„Alle Zimmer müssen teilweise neu verputzt und dann neu gestrichen werden. Auf den Boden kommt Laminat in einer wirklich schönen Farbe. Die Fußleisten hat Herr Schirmer auch schon besorgt", erklärte Alex ganz in seinem Element.

„Für die Küche hat er Fliesen und Frontseiten gekauft, nur für das Bad noch nicht. Das kannst du dir bestimmt selber aussuchen, wie ich unseren Vermieter einschätze."

Die Wohnung war perfekt aufgeteilt: Zur Vorder- und Straßenseite hin gab es zwei Zimmer, von denen das hintere um einiges größer war und sich als Wohnzimmer anbot. Am Ende des Flurs befand sich rechter Hand ein geräumiges Badezimmer und linker Hand die Küche. Auf der linken Seite des Flurs waren zwei weitere Schlafzimmer, die, wie die Küche, zum Hinterhof führten. Diese drei Räume waren durch einen Balkon verbunden. Alleine die Größe dieses Balkons ließ Sarah innerlich in Jubel ausbrechen.

Vor ihrem geistigen Auge sah sie bereits einen gemütlichen Grillabend mit ihrer Familie und Freunden vor sich. Auch hatte sie die Räumlichkeit im Geiste schon aufgeteilt, würde aber natürlich Emily und Fred selber ihre Zimmer aussuchen lassen, vielleicht mit einer kleinen Anmerkung, welcher Raum der Beste für sie sei.

Nachdem diese sich ebenfalls die neue Wohnung angeschaut hatten und genauso begeistert waren wie Sarah, entschied sich ihre Tochter für das erste Zimmer rechts und Fred für das erste Zimmer links, so, wie sie es sich vorgestellt hatte. Sie selbst würde das mittlere Schlafzimmer neben der Küche nehmen.

„Etwas Spielraum haben wir also noch im Badezimmer, für den Balkon und für diese kleine Abstellkammer“, meinte Alex und öffnete eine Tür im Flur zwischen den beiden Schlafzimmern.

„In unserer Wohnung ist hier eine Gästetoilette", erklärte er.

„Das wäre genial. Können wir das hier auch machen?"

„Na klar, kein Problem."

„Wie lange wird die Renovierung wohl dauern?"

„Wenn die Quarantäne vorbei ist, könnte ich mir Hilfe holen und dann sollten wir das in zwei Monaten schaffen."

„Das wäre fantastisch!", freute sich Sarah, die ihr Glück kaum fassen konnte. Glücklich umarmte sie Emily und ihren Vater.

„Wer soll dir denn helfen?", wollte Susanne wissen.

„Ich hatte an Matze gedacht", antwortete ihr Mann und zog eine Grimasse, worauf Susanne lachen musste.

Dies schien ein Running Gag zwischen den beiden zu sein, den Sarah nicht verstand.

35. EMILY

gefiel ihr neuer Tagesablauf. Der zweite Tag in Quarantäne verlief für sie, wie vermutlich für viele im Haus, ähnlich wie der erste. Sie wachte gegen acht Uhr auf, frühstückte gemütlich mit ihrem Opa, wartete auf ihre Schulaufgaben, erledigte diese zumindest teilweise und las dann ein Buch.

An diese Tagesordnung würde sie sich wohl gewöhnen müssen, denn von ihrer Mutter hatte sie erfahren, dass das mit den Tests noch eine Weile dauern konnte.

„Nicht mal im Krankenhaus haben sie genug Coronatests, wie mir vorhin gesagt wurde, als ich dort anrief. Diese Tests sind absolute Mangelware und ich bezweifle, dass unser Mietshaus ganz oben auf der Liste vom Gesundheitsamt steht."

„Na, das kann was werden ...", grummelte Opa Fred

vor sich hin, obwohl sich sein Tagesablauf nicht wirklich von seinem sonstigen unterschied.

„Mir macht das nichts aus“, behauptete Emily und meinte dies auch so. Sie würden ja nicht wochen- oder monatelang hier eingesperrt sein. Oder doch?

Emily war überrascht, als es um Punkt 16 Uhr klingelte und Liese Schröder vor der Tür stand. Anscheinend hatten sich die beiden älteren Herrschaften gestern wieder zum Schachspielen verabredet. Soweit hatte Emily ehrlich gesagt gar nicht gedacht und war umso glücklicher, dass die beiden ihre Schachrunde fortsetzten. Vielleicht würden sie dies ja auch nach der Quarantäne fortführen?

Erst jetzt fiel ihr auf, dass Opa Fred sogar Kaffee aufgesetzt und die übrig gebliebenen Muffins auf einem kleinen Teller angerichtet hatte. Das hätte sie ihm gar nicht zugetraut. Die beiden waren durch das Schachspiel definitiv auf einer Wellenlänge, auch meckerten sie gerne über alles Mögliche und schienen einen ähnlichen Humor zu haben.

Ehrlich gesagt, lief es viel besser, als Emily sich dies jemals hätte ausmalen können.

Gerade als ihr Opa und Liese es sich auf dem Balkon bequem gemacht hatten, klingelte es wieder an der Tür.

Wer konnte das nun sein?

Mehr als überrascht war Emily, als sie die Tür öffnete und Charu davor stand.

„Du meintest doch, ich könne mit dir reden“, flüsterte diese und war sichtlich aufgeregt. Nervös tippelte sie von einem Fuß auf den anderen und hatte offensichtlich Angst, von jemandem gehört zu werden.

„Klar, komm rein“, forderte Emily sie auf, die immer noch etwas verdattert war über ihr Erscheinen. Am gestrigen Abend hatte Emily ihr schnell zugeflüstert, dass sie sich bei ihr melden solle, wenn sie Hilfe benötigte. Wie es schien, hatte Charu gleich die erste Gelegenheit beim Schopfe gepackt, um zu ihr zu kommen, was zeigte, wie dringend ihr Anliegen sein musste.

Auch ihre Mutter überspielte ihre Verwunderung über den unangekündigten Besuch und fragte die Mädchen, was sie trinken wollten. Charu war sehr zurückhaltend und blieb unentschlossen im Flur stehen. Wie sie so dastand mit hängenden Schultern und der Gesichtsmaske auf, sah sie wirklich etwas mitleiderregend aus.

„Habt ihr Lust, euch Limonade zu machen?“, schlug Sarah vor, „wir haben ganz viele Biozitronen.“

Emily fand die Idee ihrer Mutter großartig und ging mit

Charu in die Küche. So konnten sie sich erst ein bisschen näher kommen, bevor Charu ihr Herz ausschütten würde. Denn, dass ihr etwas auf der Seele lag, war für Emily klar.

Als sie mit ihrer frisch gemachten Limonade in das Wohnzimmer gingen, spürte sie, dass Charu es kaum erwarten konnte, endlich mit ihr zu reden.

„Ich werde in der Schule total gemobbt“, ließ Charu sogleich die Katze aus dem Sack, nachdem Emily die Tür geschlossen hatte. Warum sollte sie auch um den heißen Brei herumreden?

Emily hatte mit so etwas bereits gerechnet, nachdem, was sie in der Schule beobachtet hatte. Sie nahm sich vor, Charu erst einmal zuzuhören und dann gemeinsam mit ihr eine Lösung zu finden. Ihr Gegenüber hatte einiges zu erzählen.

Emily lauschte ihren Worten und staunte nicht schlecht, wie grausam die Kinder in der zweiten Klasse waren. So etwas hatte sie in ihrer Klasse noch nie erlebt. Doch sie glaubte Charu jedes Wort, die sich bisher nicht einmal getraut hatte, sich an einen Lehrer zu wenden, um Hilfe zu bekommen. Alles hatte sie in sich hineingefressen und wäre zum Schluss am liebsten gar nicht mehr in die Schule gegangen.

Das musste sich ändern! Emily musste ihr dringend helfen.

Nachdem Charu nach fast drei Stunden wieder gehen musste, hatten die beiden Mädchen einen Plan gefasst. Inständig hoffte Emily, dass sie diesen umsetzen konnten, sobald sie wieder in die Schule gehen durften. Sie mochte Charu und würde ihrer neuen Freundin beistehen, das stand für sie fest.

Doch noch etwas lag Emily auf dem Herzen, das ihr schon seit ein paar Tagen durch den Kopf ging. Als Opa Fred sich zufrieden nach zwei gewonnenen und einem verlorenen Schachspiel vor den Fernseher setzte, fasste sie sich ein Herz und fragte ihre Mutter um Hilfe.

„Was hast du denn vor?“, wollte diese wissen.

„Das wirst du gleich sehen. Dazu brauche ich dein Mobiltelefon“, erklärte Emily und schilderte in knappen Worten ihre Absicht. Wieder einmal war ihre Mutter von Emilys Einfallsreichtum überrascht und es rührte sie, welch großes Herz sie hatte.

36. LIESE

erwachte an diesem Morgen mit guter Laune. Immerhin hatte sie am gestrigen Abend einen Schachprofi, wie Fred sich selbst titulierte, erneut geschlagen.

Das hätte sie niemals gedacht. Auch wäre sie nie davon ausgegangen, dass ihr Schachspielen so viel Spaß machen würde. Für den heutigen Nachmittag hatten sie sich wieder verabredet.

Gleiche Zeit, allerdings ein anderer Ort. Diesmal wollten sie sich auf Lieses Balkon treffen. Sie konnten von Glück reden, dass das Wetter mitspielte, denn drinnen hätten sie sich während der Pandemie und dieser dämlichen Quarantäne nicht verabreden können.

Trotzdem musste Liese einiges vorbereiten. Sie hatte Fred bereits angekündigt, dass sie ihm nicht viel anbieten konnte, woraufhin ihr Sarah beim Gehen eine Packung in die Hand gedrückt hatte, mit der Bemerkung: „Das sind seine Lieblingskekse!“

Somit hatte sie dieses Problem schon mal gelöst und Kaffee zu kochen würde sie gerade noch hinbekommen. Milch und Zucker hatte sie genug.

Für diesen Vormittag hatte sie sich vorgenommen, ihren Balkon für den Besuch etwas auf Vordermann zu bringen. Zwar hatte sie diesen vor ein paar Wochen bepflanzt, aber da sie dort alleine nie saß, sah er nicht wirklich einladend aus.

Sie wollte den Tisch und die Stühle abwischen, die Sitzpolster herausholen, eine passende und vor allem saubere Tischdecke musste natürlich auch her. Somit hatte sie einiges zu tun an diesem Morgen, was ihr gerade recht war.

Ehrlich gesagt, glaubte sie, dass sie deshalb so hervorragende Laune hatte. Insgeheim musste sie zugeben, dass ihr in ihrem sonstigen Leben offensichtlich eine Aufgabe fehlte.

Auch hatte sie beschlossen, sich öfter hübsch zu machen, nur für sich selbst.

Warum sollte sie immer in ihren alten Hausklamotten und mit nicht gemachten Haaren herumlaufen?

Man fühlte sich doch automatisch besser, wenn man sich ein wenig zurechtmachte. Liese Schröder musste zugeben, dass sie in den letzten zwei Tagen einiges dazugelernt hatte, vor allem über sich selbst.

Gerade war sie damit beschäftigt, den schon etwas in die Jahre gekommenen Plastiktisch auf ihrem Balkon abzuwischen, als es an der Tür klingelte.

Verwundert blickte sie auf die Uhr. Es war erst 14 Uhr, Fridolin Becker konnte es demnach noch nicht sein. Oder hatte er sie falsch verstanden? Bei ihm konnte man sich nie sicher sein, da er zeitweise wirklich schlecht hörte. Manchmal hatte sie aber auch das Gefühl, dass er nur das hörte, was er hören wollte. So machte sie es ja auch gelegentlich.

Während sie in die Wohnung ging, wischte sie sich ihre feuchten Hände an der Schürze ab und öffnete ihre Haustür. Dort stand ihre kleine Freundin Emily.

„Hallo, Liese“, begrüßte sie diese freudig.

„Hallo, Emily. Was machst du denn hier? Kann dein Opa heute nicht kommen?“, vermutete sie den Grund für Emilys Erscheinen.

„Nein, nein. Ich habe eine Überraschung für dich." Das Mädchen grinste bis über beide Ohren.

„Darf ich reinkommen?"

„Natürlich", Liese trat einen Schritt zur Seite und setzte sich brav ihren Mundschutz auf.

„Und jetzt?" wollte sie neugierig wissen.

„Jetzt gehst du in dein Wohnzimmer und schaust aus dem Fenster", bestimmte Emily, die ihr mit etwas Abstand folgte, als Liese sich auf den Weg dorthin machte.

Als Liese die Vorhänge zurückzog und das Fenster öffnete, konnte sie nicht glauben, was sie sah. Vor ihr auf der Straße standen Andreas und Diana und blickten sie sorgenvoll an.

„Geht es dir gut, Mama?", wollte ihr Sohn sogleich besorgt wissen.

„Ja, mir geht es ... *ausgezeichnet*", wollte diese gerade antworten, als Emily ihr von der Seite Zeichen machte, sie solle nicht ganz so positiv sein.

Augenblicklich verstand Liese den Wink und ihr wurde klar, wie das Mädchen die beiden hierher gelockt hatte. Vermutlich hatte sie von der Quarantäne berichtet und behauptet, ihr würde es deswegen nicht gutgehen. Wobei es Liese Schröder in Wahrheit so hervorragend ging, wie schon lange nicht mehr, aber das musste sie ja in dem Moment nicht erwähnen.

„... so einigermaßen. Nicht besonders, um ehrlich zu sein", beendete sie daher ihren Satz.

„Zum Glück hat uns Emily angerufen. Wir hatten ja keine Ahnung", schaltete sich nun Diana ein und war tatsächlich den Tränen nahe.

Auch Andreas hatte ganz gerötete Augen, weshalb Liese das Gefühl beschlich, sie musste ihnen etwas die Sorge nehmen.

„Ich bin aber hier bestens versorgt, wie ihr seht", sie deutete auf Emily, die hierauf ihren Kopf aus dem Fenster streckte und den beiden zuwinkte.

„Ich hätte mich auch demnächst bei dir gemeldet", behauptete Andreas, „denn wir haben dir etwas Freudiges mitzuteilen."

Während er dies sagte, legte er seinen Arm um Diana, die ihren Sommermantel ein wenig zur Seite zog und Andreas seine Hand auf ihren Bauch legte.

„Ach du meine Güte!", rief Liese mit purem Entsetzen in der Stimme.

„Etwas positiver!“, zischte ihr Emily von der Seite zu.

„Das ist aber eine tolle Überraschung“, bekam Liese gerade noch die Biege. Normalerweise hätte sie vermutlich etwas gesagt wie: „Na, das wird aber auch Zeit“, „und das in eurem Alter!“ oder „ habt ihr euch das auch gut genug überlegt, na ja lange genug Zeit hattet ihr ja dafür.“

„Du wirst Oma!“, sagten beide wie aus einem Mund, als habe sie das nicht schon lange begriffen.

Wieder verkniff sich Liese einen schnippischen Kommentar. „Das ist das Schönste, was mir seit Langem passiert ist!“

„Geht es dir wirklich gut, Mama?“, wollte Andreas hierauf wissen, der offensichtlich vermutete, der Virus habe seine Mutter schon längst befallen und sich gleich in ihrem Hirn breitgemacht.

„Ja, ja, mir geht es bestens, dank dieser kleinen Dame hier“, erwiderte sie dann lachend, „von ihr habe ich in den letzten Tagen einiges gelernt“, fügte sie noch an und lächelte Emily zu.

„Wann ist es denn soweit?“

„Im September.“

Zugegeben fand Liese, dass man Diana die Schwangerschaft bisher kaum ansah, und konnte ehrlich gesagt nicht glauben, dass es in drei Monaten schon so weit sein sollte.

Die Frage, ob sie denn bei einem fähigen Arzt wären, sparte sie sich lieber und auch den Kommentar, dass es in einer Pandemie wohl nicht gerade die beste Zeit war, um ein Kind zu bekommen.

„Wir haben etwas mitgebracht“, erklärte Andreas und bückte sich, um ihr einen reich gefüllten Korb mit Essen durch das Fenster zu überreichen.

„Stell ihn lieber vor die Haustür. Man weiß ja nie!“, sagte Liese, die den Abstand zu ihrem Sohn und seiner schwangeren Frau bewahren wollte. Nicht auszudenken, wenn sie den Virus in sich trug und ihn an sie übertragen würde.

„Ihr glaubt gar nicht, wie ich mich über euren Besuch gefreut habe.“

„Wir sind auch froh, dass wir endlich wieder hergekommen sind. Ich hatte irgendwie nicht den Mut, das Eis zu brechen. Aber wie gesagt, demnächst hätte ich dir die freudige Botschaft überbracht.“

„Wenn das Kind eingeschult worden wäre?“, rutschte es Liese nun doch heraus.

Netterweise nahmen dies beide mit Humor.

„Wir bleiben in Kontakt, Mama und ich bringe dir jetzt jeden zweiten Tag Essen vorbei.“

„Na, hoffen wir mal, dass unsere Quarantäne gar nicht mehr so lange dauert.“

„Das weiß man nicht.“

Als die beiden gegangen waren, drehte sich Liese zu Emily um und meinte nur: „Weißt du eigentlich, dass du ein wahrer Engel bist?“

37. HERR SCHIRMER

wunderte sich, dass sein Festnetz an einem Sonntagnachmittag klingelte. Dort rief ihn normalerweise kaum jemand an, vor allem nicht am Wochenende.

Noch verwunderter war er, als er hörte, wer sich am anderen Ende befand.

„Polizeirevier, Stadtmitte Heidelberg“, vernahm er eine resolute Männerstimme.

„Das ist ja eine Überraschung“, konnte sich Herr Schirmer nicht zurückhalten, „was gibt es denn so Dringendes?“

„Tut mir leid, Sie stören zu müssen, Herr Schirmer“, sagte der Beamte, dem man anhörte, dass ihm dies kein bisschen leidtat, „aber wir haben Anzeige wegen Ihres Mietshauses in der Altstadt erhalten.“

„Was denn für eine Anzeige?“

„Ruhestörung!"

„Warum rufen Sie dann nicht direkt bei meinen Mietern an?"

„Da hört niemand", behauptete der Polizist trocken, und Herr Schirmer überlegte kurz, ob er einen Scherz gemacht hatte. Doch nein, dieser Ordnungshüter hatte mit Humor nichts im Sinn.

„Warum fahren Sie dann nicht hin?"

„Wir sind gerade etwas unterbesetzt", kam es knapp zurück.

„Wie genau lautet denn die Anzeige?"

„Also", begann der Beamte gedehnt und schien die Anschuldigungen abzulesen, „aus allen Fenstern ertönt laute, teilweise orientalische Musik, im Erdgeschoss spielen zwei ältere Herrschaften Schach und streiten sich dabei lautstark, im zweiten Stockwerk steht ein knutschendes Pärchen am Fenster, und eine Etage darüber findet offensichtlich eine Party mit lauter Musik und tanzenden Leuten statt. Dazu riecht es nach unbekannten Gewürzen, eventuell sind sogar Drogen im Spiel, und niemand hält sich an die Abstandsregelung."

Kurz überlegte Herr Schirmer, was geschehen sein konnte, und freute sich dann sogleich für seine Mieter.

„Die Erklärung hierfür ist einfach. Die Leute im Haus müssen heute die Nachricht bekommen haben, dass sie alle negativ sind.“

„Wie bitte?“

„Das ganze Mietshaus war unter Quarantäne gestellt und meine Mieter mussten einige Tage auf die Tests warten. Vermutlich haben sie diese nun gemacht, und sie sind negativ ausgefallen.“

Herr Schirmer fand seine Erklärung so glasklar, aber der Ordnungshüter schien oder wollte nicht verstehen, was er meinte.

„Wie dem auch sei. Könnten Sie sich bitte darum kümmern, dass Ruhe einkehrt?“

„Das mache ich“, bestätigte Herr Schirmer und beschloss, seinen gut gelaunten Mietern einen Besuch abzustatten. In diesem Zuge konnte er ihnen gleich gratulieren und sie bitten, etwas leiser zu feiern.

38. EIN JAHR SPÄTER

saß Herr Schirmer auf seinem Liegestuhl und genoss die wärmende frühsommerliche Sonne. Er liebte dieses ruhige Plätzchen in seinem Garten, durch den sogar ein kleiner Bach lief.

Aus gutem Grund war er damals mit seiner Frau von Heidelberg in den Odenwald gezogen. Nie hatten sie diesen Schritt bereut. Nach ihrer Pension hatten sie genug von dem turbulenten Stadtleben und wollten ihren Ruhestand in vollen Zügen genießen. Kurz nach ihrem Umzug zeigte seine Frau die ersten Anzeichen ihrer Alzheimer Erkrankung. Die Wahl ihres neuen Zuhauses war für sie in jeder Hinsicht perfekt.

Seit seine Frau gestorben war, fühlte er sich manchmal etwas einsam hier auf dem Land. Schon länger überlegte er, sich einen Hund zuzulegen.

Nachdenklich schob er die Zeitung beiseite. Am heutigen Tag waren dort fast ausschließlich gute Nachrichten zu lesen, zumindest für ihn. Mittlerweile war der Virus fast besiegt und gut siebzig Prozent der Bevölkerung geimpft.

Die letzten achtzehn Monate waren schwer gewesen. Viele seiner Mieter in der Altstadt hatten zu kämpfen gehabt, was es ihm als Vermieter nicht gerade leicht machte, die Miete zu kassieren.

Bei einigen hatte er daher mit dem Mietpreis nachgegeben. Familie Bierbaum beispielsweise hatte einige Monate gar keine Miete gezahlt. Er wusste, dass sie dies irgendwann nachholen würden. Auch für die schöne Vierzimmerwohnung, die nun Frau Becker mit ihrem Vater und ihrer Tochter bezogen hatte, hätte er einiges mehr verlangen können.

So komisch sich das anhörte, aber durch die Pandemie waren ihm seine Mieter richtig ans Herz gewachsen. Durch die Quarantäneverordnung war er auf alle zugegangen und hatte sie näher kennengelernt. Es war schlichtweg beeindruckend, wie hervorragend sie die Situation gemeistert und sich gegenseitig geholfen hatten.

Es hörte sich zwar makaber an, aber in dieser Hinsicht hatte das Coronavirus tatsächlich etwas Gutes gehabt.

Jeder hatte sein eigenes Päckchen zu tragen, was ihm erst durch den direkten Kontakt bewusst geworden war. Viele Telefonate hatte er geführt.

Wie passend war es dann, dass ihm in dem Moment seine Haushälterin einen Brief überreichte, auf dem als Absender „die Lockdown-WG aus der Altstadt" stand.

Neugierig öffnete er den Brief. Es war eine Einladung zu einem Sommerfest. Während er den hübsch dekorierten Zettel überflog, musste er schmunzeln.

Die Lockdown-WG lädt ein:

zum Frühsommerfest am 10. Juni!
Wir möchten feiern, dass wir so eine fantastische Wohngemeinschaft sind
und gemeinsam einiges auf die Beine gestellt haben:

- *Die Gründung des Schachclubs für Senioren von Fridolin Becker und Elisabeth Schröder.*
- *Die Entstehung der Band „Indian Sounds" von Leon und Riya.*

• *Die neu entstandene Initiative gegen Mobbing an der Schule von Charu und Emily.*

• *Die Neueröffnung des Antikladens mit Renovierungsarbeiten von Alexander Bierbaum.*

• *Die geplante Eröffnung eines Yogastudios für Mamas und Kinder von Susanne Bierbaum, sowie Babymassagen von Sarah Becker.*

Herr Schirmer konnte kaum glauben, was seine Mieter in der kurzen Zeit gemeinsam alles erreicht hatten. Er freute sich für sie und würde selbstverständlich für das Sommerfest zusagen.

Die Einladung bestätigte seine Entscheidung, die Dachwohnung nicht wieder vermietet zu haben. Insgeheim hegte er den Plan, dies als sein zweites Domizil zu nutzen, sollte ihn das Landleben doch zu sehr langweilen.

Noch einmal überflog er die Einladung. Was für eine herrliche Idee, das Ende der Pandemie und den Neubeginn in vieler Hinsicht zu zelebrieren.

Kurzerhand rief er Sarah Becker an, mit der er während der letzten Monate am meisten Kontakt hatte.

„Ich habe gerade Ihre Einladung erhalten und möchte gerne zusagen!“

„Das freut mich, Herr Schirmer. Sie glauben nicht, wie sich unsere Wohngemeinschaft und das Leben aller seit dieser Zeit verändert hat. Es ist ein wahres Wunder ...“

Seit der Pandemie und der Zeit in Quarantäne war den Bewohnern des Mietshauses eines klar: Es waren die kleinen Dinge, die etwas bewegen konnten!

Liebe Leserinnen und Leser,

es lag mir am Herzen, in dieser tristen Zeit etwas Positives zu Corona zu schreiben. Ich hoffe, dass mir dies gelungen ist und euch die Zeit mit der Lockdown-WG Spaß gemacht hat! Wenn dem so ist, würde ich mich über eine nette Rezension sehr freuen!
Feedback und Ideen sind immer herzlich willkommen unter der Emailadresse:
mimijpoppersen@gmail.com
Neuigkeiten von mir gibt es auf Instagram: mimij.poppersen

Viele Grüße
eure Mimi

Weitere Taschenbücher von Mimi J. Poppersen, die auf Amazon erhältlich sind:

- Der Cosy Crime-Roman: „In geheimer Mission“
- Eine besondere Reise nach Paris: „Die Wunschliste“
- Eine turbultente Tour durch Europe: „Oma Lotte macht die Biege“
- Ein humorvoller Frauenroman: "Windstärke 10"
- Eine turbulente Kalifornientour: "Tourguide(in) gesucht!"
- Die Krimikomödie: "Ehemann über Bord"
- Der Bestseller in Humor: „Nur drei Tage: Eine wahre Geschichte“
- Ein humorvoller Frauenroman: "Nur fünf Tage"
- Ein humorvoller Familienroman: "Mama macht mal blau...“
- Ein Reise- und Liebesroman: „Nichts wie weg!“
- Eine romantische Liebeskomödie: „Pollys Welt steht Kopf“
- Ein weihnachtlicher Kurzroman: "Ein Weihnachtsmann zum Verlieben"

ÜBER DIE AUTORIN

Mimi J. Poppersen ist das Pseudonym einer deutschamerikanische Autorin, deren Romane sonst im Krimi-und Thrillerbereich angesiedelt sind.
Mimi J. Poppersen ist freie Journalistin und wenn sie nicht gerade, auf der Suche nach einer spannende Geschichte, um die Welt reist, lebt sie mit ihrer Familie in Santa Cruz in Kalifornien oder in ihrer Heimatstadt Heidelberg.
Unter dem Namen Hannah Hope schreibt sie spannende Liebesromane.

Kontakt unter: mimijpoppersen@gmail.com
Instagram: mimij.poppersen

Julia Schneider

Die Endzeit-Eva